田园百赋

邓碧泉 著

图书在版编目（CIP）数据

田园百赋／邓碧泉著 . -- 北京：作家出版社，2023.12
ISBN 978-7-5212-2559-4

Ⅰ.①田… Ⅱ.①邓… Ⅲ.①诗集-中国-当代
Ⅳ.①I227

中国国家版本馆 CIP 数据核字（2023）第 196826 号

田园百赋

作　　者：邓碧泉
责任编辑：袁艺方
装帧设计：丁奔亮
出版发行：作家出版社有限公司
社　　址：北京农展馆南里 10 号　　邮　　编：100125
电话传真：86-10-65067186（发行中心及邮购部）
　　　　　86-10-65004079（总编室）
E-mail: zuojia@zuojia.net.cn
http: // www.zuojiachubanshe.com
印　　刷：河北鹏润印刷有限公司
成品尺寸：146×210
字　　数：100 千
印　　张：10.5
版　　次：2023 年 12 月第 1 版
印　　次：2023 年 12 月第 1 次印刷
ISBN　978-7-5212-2559-4
定　　价：169.00 元

作家版图书，版权所有，侵权必究。
作家版图书，印装错误可随时退换。

邓碧泉，笔名若水。广东文化名人，诗人，作家，书法家。一九五五年出生于广东雷州的一个农民家庭，务过农、当过兵、扛过枪、教过书。曾任湛江市体制改革办公室副主任，湛江市东海岛经济开发试验区副主任兼公安分局局长，中共吴川市委副书记，湛江市科技委员会主任、党组书记，中共赤坎区委书记，中共湛江市委常委、宣传部部长，湛江市政协主席，湛江书画院首任院长，现为擎雷书院总策划。曾为广东海洋大学、岭南师范学院特聘教授。著有《领导干部学思行》《内生文化论》《人本文化》《陈瑸诗文集》《若水斋诗抄》《若水斋诗词系列》（五册）《若水斋赋》《若水斋诗书赋》（四册）《长征百赋》《天南百赋》《七绝四百首》《邓碧泉书法集》。

汇楚辞汉赋于其中
融唐诗宋词于其里

序

周明理

赋自风骚，诗文兼蓄；遗世独立，溢彩流光。瑰宝国粹须赓续，雅俗共赏永弘扬。

《田园百赋》，力辟新航。物景情景意境俱佳，情思镗镗；状物抒情言志兼美，艳羡锽锽。汇骚散于楚汉，融骈律于晋唐。承陶潜王维之神韵，得杜牧苏轼之气场。赋作宏丽温雅，行文顺畅大方。写尽海隅天陲，物华人杰；描绘雷州半岛，旖旎风光。万里田园景秀美，一韵到底声悠扬。百赋田园，万重烟水；四序六合，九畛八荒。春种夏耘，寒来暑往；精耕细作，秋收冬藏。蔗薯偏爱红土地，菠萝的海映骄阳。东西洋田插秧刈稻，南北海湾张网举纲。芜岸逶迤，沙溪云雾分浓淡；田畴棋格，桑叶稻花间青黄。芒果杨桃，雷州特产享誉；荔枝龙眼，岭南佳果名芳。乌墨木棉，青松绿竹；秋风玉蕊，垂柳榕棠。蜜蜂迟眠，蝴蝶早醒；鸥鹭低飞，鸿雁高翔。山川草木妖露，日月星辰晖光。蝉唱蛙鸣，琴瑟和谐新恋曲；男欢女爱，顽童小伙闹婚房。打铁补锅，亘古怀古；石桥茅屋，深意深藏。廿四节气遵时令，农渔畜牧四季忙。

《秋收》鸿篇，过目不忘。秋风萧瑟，衰草凋零；蝉噤林静，海晏湖凉。蓝天白云，晴空朗朗；一望无际，稻谷金黄。晨昏不息，颗粒归仓。童叟妇妪露笑脸，丰收喜悦满城乡……

《酒赋》妙文气豪放，清圣浊贤任飞觞。秀水精粮，慢酝细酿；婚丧嫁娶，彼被登堂。酒伴野火生，熟食偶酵而成酒；脑由熟食智，野蛮文明别天潢！穷人喝酒争志气，富人饮酒显铺张。"酒醉聪明汉，美酒助豪强"也！

……噫！琦行瑰意，诚心连于泰岱；绵密娉婷，锐思入于毫芒。极文辞之华美，书田园之芳香。染华笺以佳句，渲简牍以兰章。妙笔生花，而今九州难觅；诗文兼备，风流媲美谁当？

噫嘻！

赋文千万行

绞脑又枯肠

天成缘妙手

志励系洪荒

2023年6月于广州

一、节气篇

1. 立春赋 / 三
2. 雨水赋 / 五
3. 惊蛰赋 / 八
4. 春分赋 / 一〇
5. 清明赋 / 一三
6. 谷雨赋 / 一六
7. 立夏赋 / 一九
8. 小满赋 / 二二
9. 芒种赋 / 二五
10. 夏至赋 / 二七
11. 小暑赋 / 三〇
12. 大暑赋 / 三二
13. 立秋赋 / 三五
14. 处暑赋 / 三八
15. 白露赋 / 四一
16. 秋分赋 / 四四
17. 寒露赋 / 四七
18. 霜降赋 / 四九
19. 立冬赋 / 五一
20. 小雪赋 / 五四
21. 大雪赋 / 五六
22. 冬至赋 / 五九
23. 小寒赋 / 六二
24. 大寒赋 / 六五

二、风物篇

1. 兰赋 / 七一
2. 茶花赋 / 七三
3. 荷花赋 / 七六
4. 山稔赋 / 七八
5. 稻花赋 / 八一
6. 玉蕊赋 / 八三
7. 松赋 / 八六
8. 竹赋 / 八九
9. 榕树赋 / 九二
10. 乌墨赋 / 九五
11. 红树林赋 / 九七
12. 秋枫赋 / 一〇〇
13. 柳赋 / 一〇三
14. 荔枝赋 / 一〇六
15. 龙眼赋 / 一〇九
16. 芒果赋 / 一一二
17. 木芭萝赋 / 一一五

18. 水稻赋 / 一一七

19. 番薯赋 / 一一九

20. 甘蔗赋 / 一二二

21. 丹顶鹤赋 / 一二五

22. 雁赋 / 一二八

23. 鸥赋 / 一三一

24. 鹭赋 / 一三三

25. 燕赋 / 一三五

26. 鸳鸯赋 / 一三七

27. 麻雀赋 / 一三九

28. 鹅赋 / 一四一

29. 蜻蜓赋 / 一四四

30. 蝴蝶赋 / 一四六

31. 蜜蜂赋 / 一四八

32. 蝉赋 / 一五〇

33. 青蛙赋 / 一五三

34. 沙虫赋 / 一五五

35. 耕牛赋 / 一五八

36. 仙人掌赋 / 一六〇

37. 蒲草赋 / 一六三

三、风情篇

1. 春种赋 / 一六九

2. 夏耘赋 / 一七二

3. 秋收赋 / 一七四

4. 冬藏赋 / 一七六

5. 擎雷书院赋 / 一七八

6. 明伦堂赋 / 一八一

7. 笔架山赋 / 一八四

8. 缉熙台赋 / 一八六

9. 林间讲坛赋 / 一八九

10. 滤尘园赋 / 一九一

四、风土篇

1. 擎雷水赋 / 一九七
2. 擎雷山赋 / 二〇〇
3. 东西洋赋 / 二〇三
4. 菠萝的海赋 / 二〇六
5. 杨桃沟赋 / 二〇九
6. 沙溪赋 / 二一二
7. 古村落赋 / 二一五
8. 古井深情 / 二一八
9. 古桥寻踪 / 二二一
10. 茅屋赋 / 二二四
11. 土糖寮赋 / 二二七

五、风俗篇

1. 中秋赋 / 二三三
2. 社戏赋 / 二三五
3. 赛龙舟 / 二三九
4. 游神赋 / 二四二
5. 田耕赋 / 二四五
6. 打铁赋 / 二四八
7. 补锅赋 / 二五一
8. 重阳赋 / 二五四
9. 鼓赋 / 二五七

六、风骚篇

1. 茶赋 / 二六三
2. 酒赋 / 二六五
3. 寻龙记 / 二六七
4. 持螯下酒记 / 二七一
5. 吃河豚记 / 二七三
6. 种木棉树记 / 二七六
7. 游金牛岛记 / 二七八
8. 粗识莲藕 / 二八一
9. 草扇赋 / 二八四
10. 云雾赋 / 二八七

评论

汇集楚汉 融注唐宋 / 二九三
画幅长留天地间 / 三一一

后记 / 三一九

[第一章]

节气篇

立春赋

北斗七星，指寅东以闪烁；参宿三曜，列午南而光辉。东风送暖，情真挚而开气象；春回大地，意盎然而启生机。岭南风光，峥嵘窈窕；雷阳春色，秾丽清奇也！

报春信使，苦楝开花，飘万邦之白雪；紫荆绽放，挂列国之旌旗。隆冬大寒才转踵，探春柳丝已垂堤。水仙银白，幽姿淑态香一屋；风铃金黄，热情烂漫缀满枝。郭内鲜花灼灼，郊外芳草萋萋。韶光明媚，水云薄薄同天色；竟日清辉，柯条冉冉共芳菲。蜜蜂喧于新蕊，粉蝶乱于葳蕤。洲露而栖归雁，叶密而斗雏鹏。寻常村落，鸭戏池塘烟草；百姓人家，鸡鸣茅舍竹篱。番石榴生，顽童脚攀树杈；菜畦泛绿，村妇手折露葵。万萼春深兮，百色妖露；

江漂素沫兮，山披翠微。金波银汉，水波潋滟碧玉；烟浪云涛，清涟摇曳琉璃。月魄光通四海，龙阳气满三雷焉！

噫！霭霭停云，浸溶溶之春水；渺渺斜风，吹蒙蒙之雨丝。烟树阴阴，传黄莺之婉转；水田漠漠，旋白鹭之飞回。布谷催耕，运筹一年之局；种籽下田，绸缪岁首之棋。于是，扛出门后之锄头，取下阁上之粪箕。喂饱耕牛，修理耙犁。披酥雨而耕地，水冷犁晓；浴和风而播种，日暖脚知。精耕细作兮，美梦已随春草绿；争分夺秒兮，憧憬又朝夏木驰！

噫嘘！年年冬去，岁岁春归。草木应候花荟，文人赏景诗词。然而，农夫最惜是天时！

吴茂信先生赏析：

观察入微，体验入心。日月之阴晴，风云之轻重，水流之缓急，灵物之动静，草木之枯荣，无一不与时令相宜。不给题目，只诵赋文，问君此赋描绘何也？其必曰：此立春也。此乃赋之上品也！

雨水赋

东风解冻，散而为雨；天气回暖，聚而丰源。山高水长，过熏风之渺渺；天低云断，扬雨丝之绵绵。隔树潇潇有消息，落池点点无痕圈。田间小湄，流汀滢之细细；山根石罅，漓清泉之涓涓。江河波平，载春水而潋滟；沙溪清浏，翻石鳞而婵娟。岩隈漩濴卷荥濚，水衣摇曳泛清涟。润物细无声兮，飘洒正潇然。九州披春色兮，三雷入梅天矣！

龙阳天地，春雨山川。绿丛金朵，叶有清风花有露；青枝翠柯，草含滢珠柳含烟。长空降瑞，黛拥郊外；一帘烟雨，绿锁窗前。池塘隐隐，拾银丝而不昧；涧壑深深，藏甘霖以自餐。石濑兮浅浅，回雁兮翩翩。莺啼兮鹊噪，独鹤兮双鹛。柔柔微雨，迎归来之钗燕；缕缕轻烟，蒙叫春之杜鹃。雨丝千尺兮，屋檐不滴；声出百舌兮，清唱无弦。噫！竹露滴清，桃风送馨；蝴蝶早醒，蜜蜂迟眠。穿枝越叶不甘落后，争粉分香各自争先。珠缀花梢兮，喜看锦茵铺展；练横树杪兮，抬望皓月初圆。擎水流长，环绕酷似青罗带；海蟾轮满，澄明恰如白玉盘。风烟清寂，祥瑞流年！

吁嘘！文人爱赏景，农夫喜耕田。见春播谷种，破土嫩芊。远望密集，杂以青绿之色；近观稀疏，介于有无之颜。浛天荡荡，田畴环于水次；烟水茫茫，犁耙集于田边。春雨如酥，行人恶其流滑；田埂汀泞，农人喜之婵媛。杨柳风吹脸何冷，桃花水浸脚不寒。铲苗挑秧，何惧路之蹇连乎？呜呼！雨水滋润，万卉新鲜。然而，农夫眼里，禾苗更比百花妍！

冯应清先生赏析：

　　作者通过对"春风，春雨，沙溪，清泉"细致入微的观察，成竹在胸，描写了初春的优美景色。写景清丽，描绘了春天来临的生机蓬勃景象以及由此引发的欣悦之情。从而启发读者去感受早春的信息。结尾点睛，升华主题。"农夫眼里，禾苗更比百花妍"，文字不多，一字千钧，发人深省，给人启迪。

　　妙用"渺渺，绵绵""淅淅，点点""细细，涓涓""隐隐，深深""浅浅，翩翩""荡荡，茫茫"六组叠词，状物写景，生动逼真。吟诵咏叹，朗朗上口。从中可知，作者驾驭语言，优游自如。

惊蛰赋

惟惠风之轻暖，响惊雷之一声。春阳气分天授，万物生机玉成。野润烟光，虫声新报委曲；池溶月色，蛙鼓开播升平。花丛杜鹃，嘤嘤而缠绵对语；云中归雁，喈喈而断续和鸣。浅蓝深黛，音回跃枝之鹊鸪；繁红嫩翠，声传藏叶之黄莺。斜风细雨，吹拂柔柳新蒲；桃花流水，映衬芳草青萍。卧枝蔷薇非无力，含泪芍药却有情。甘露淫淫兮敦播种，轻雷隐隐兮催春耕矣！

放眼余晖脉脉，旷野风烟清寂；朝露溥溥，良田云水牵萦。办田做畦，耕牛早出；精耕细作，犁耙先行。假大地之韶光，天寒心暖；借仲春之阳气，担重脚轻。挑禾苗之沉重，走田埂之泥泞。拌田间之稀浆，立流水之汀滢。

泥深水浅兮，去疏忽之厚薄；禾长根短兮，求留意之平衡。遮阳挡水，出于弯曲交错；通风透气，来于平直纵横。有成行之禾距，无点缀之媚名。布局寒风，喝牛举棍；立阵斜阳，调将遣兵。无辜天意，父子点灯食晨餐；不误农时，夫妇和衣睡晚晴。惊雷破壁兮，震醒百虫三春暖；野水参差兮，惊蛰禾苗一夜青。人勤催春早，神降享精诚也！

嗟乎！春种一粒，耳熟能详；秋收万颗，心知肚明。是以，乘微微之钩月，借煌煌之晨星。破夜幕之寥寂，踏朝露之清泠。任春寒之料峭，播辛勤之德馨。呜呼！苍生百姓，系始祖之羲农，架半岛之蓬瀛。

吴茂信先生赏析：

《惊蛰赋》出人意表。他人作惊蛰文章，为突出"惊"字，此前一片死寂，一声惊雷万物皆醒，实差人意也。作者笔下万物已渐从冬眠中复苏，花在孕蕾，虫在萌动，人在绸缪。然后春雷如鼓，促种催耕，万物竞发，野闹春声。惊蛰方为节令，非突变也！

春分赋

中分春色，相半两仪。昼夜均等，寒暑平齐。蠕蠕突启，潜地冬蛰之体；栩栩新抽，破土春苗之枝。金波银汉，浩荡乾坤无际；姹紫嫣红，苍茫山水有姿。晴天浮云断续，绿野寒月徘徊。回风荡激，急雨微霏。春分天气，人间佳时也！

天南重地，盎然春意；神奇半岛，勃发生机。见影湛波平，擎水漂流素沫；云薄雾轻，雷山腾升翠微。青草嫩荷，清沼满浮新雨；淑气幽香，绿阴浓带芳菲。面面夭桃含红粉，枝枝媚柳曳青丝。榴花吐白皑皑，桂叶咽青萋萋。灿若繁星，紫荆乱枝无头尾；浑成金柱，枫铃顺干有高低。斜穿雾缕，湿莺说其神爽；乱卷风须，狂蝶诉之魂迷。聆甜脆呢喃，梁上旧巢归紫燕；婉转清圆，树杪新叶隔黄鹂。雏鹊狂于食案，野鸥疯于渔矶。百舌林间斗巧，千翮山顶争奇。接云轩骞仰鸿雁，贴水飞翔俯鹭鸶。噫！红尘紫陌，越栏翩翩家鸭；寻常人家，回窝咯咯母鸡。池塘隐隐兮，绿树依依。炊烟袅袅兮，暖日迟迟。烟景三分兮，出乎茅舍；风光一半兮，付之竹篱矣！

吁嘘！雨来看电，云过听雷。度竹穿林，远听野兽之交颈；挥棹泛舟，遥看沙禽之双栖。水缓山舒逢日暖，花明柳暗正春期。生重回太古之仿佛，荫已入天堂之依稀矣！芜岸延绵兮，嘉清风之破壁；沙溪宛转兮，喜春水之拍堤。望田畴之棋格，指沟渠之逶迤。谷苗抽碧兮，已铺锦绣；新秧泛青兮，未收杷犁。呜呼！行善人心，感百姓之殷勤；向荣物性，谢上苍之荣施矣！

陈启明先生赏析：

　　一篇《春分赋》，概写自然万千景物，呈现着幻境与现实之穿越，既寓情于景，又借景抒情，读之即深陷其中不能自拔，谜之奇妙无比也。字里行间，宏观于日月星辰山川云雨；细察于青草绿树花鸟虫鱼……

春分时节，天地时空万物，骚动蜕变，生机勃发，任凭笔锋挥洒；人间田亩炊烟，如诗如画，静好悠然，尽抒胸臆情怀……

妙哉！纵观古今之赋作，此乃堪称又一登峰造极者也！

清明赋

　　长天明净，雨洗彩虹初现；旷野清洁，风传桐香遥闻。暮春大地，长枝抽叶遍遍；清明时节，落花飞絮纷纷。蝶飞芳草花飞路，蜂旋绿丛水旋云。可怜春老，杜宇多言而泣血；惆怅日暮，鹧鸪带泪而呼群。枝上花稀兮，是处春狼藉；柳间莺老兮，总嫌天不均也！

　　见东风袅袅吹雨骤，香雾蒙蒙引云屯。潮平岸阔，擎水千里波浪暖；水远山遥，雷阳万家烟雨新。缕缕轻烟缭原野，丝丝微雨入孤村。绿阴天气，风吹翠微氤渺渺；梅雨季节，溪流波皱碧粼粼。风过树梢，挂果籽之累累；雨后竹丛，茁新笋之纭纭。梁上呢燕，振作新回勇气；池沼鸣蛙，抖擞旧时精神。风急岭云飘忽兮，雨余田水逡巡。

望沟渠逶迤，白水漫长随春雨；阡陌纵横，青禾猗靡顺风轮。长堤百里兮，高低青白相倚；良田万顷兮，浓淡嫩翠均匀。除草补苗，落花风里无声笛；开闸施肥，流水烟中有心人。

噫！竹篱茅舍，小桥流水；春风艳阳，紫陌香尘。炊烟苒惹，煮熟祭坟之饭牲；锤声叮咚，赶制冥界之金银。尊祖先而心有灵犀；瞒阎王而声不出门。寄哀思于虔诚，寓缅怀于殷勤。于是，上山于亭午时段，拜祭于斜阳良辰。绿水青山皆有意，蓝天白云露全真。焚钱烧宝，挖土补坟。摆盅奠酒，问祖寻根。点燃熏香烟缕篆，烧残绛烛泪成痕矣！

嗟乎！清明时节，万物生长；景和气候，百卉芳芬。其融轻暖轻寒于一季，兼节气节日于一身。然而，柳摇春白昼，蛙鸣月黄昏。呜呼！春去春来何时尽，花开花落触处存。问君何计可留春耶！其必曰：逝去花之芳菲，换来果之香醇也！

吴茂信先生赏析：

雨虽纷纷，人不断魂。有慎终追远，无悲悲切切。把握"清明"二字，不卑不亢，得其所哉！留春不住，当春自来；此花方谢，彼果自甜。笔下万物，周而复始。此乾坤之道也！

节气篇

谷雨赋

土膏脉动,引阴冷之降落;雨生百谷,催阳气之腾升。樱桃红透,万竿竹翠;柳絮飞落,百卉凋零。花颜枯槁愁蝴蝶,草色葱芊醉蜻蜓。绿茵铺展,牛随青草去远;白水萦回,蛙倚禾丛长鸣。燕尾蹁跹于微雨,莺喉婉转于初晴。流连涧壑,丝丝春风入襟袖;盘桓山丘,缕缕茶烟出紫青,一片青山,万种风情矣!

回眸池塘之绿水,凝睇紫莼之新生。桑叶声传戴胜[①],泽水圆转浮萍。鱼翻细浪,水护红幢泉细引;雨皱波纹,风摇翠盖露斜擎。抬望绕树晴烟袅袅,向人春笋亭亭。韶

---

① 戴胜:戴胜鸟,雨水的第三候降于桑树。

光分付兮，百里沙溪流碧；东风尽染兮，万顷禾苗簪青。喜迎旭日兮，田事任凭鸟语；轻送斜阳兮，农闲听取蛙声矣！

噫嘘！清和易晚，绿嫩难盈。是以，种瓜种豆，以维三餐安稳；春草织席，以求四季平衡。于是，睡于半夜，起于三更。日暖风和，春蒲软草借明月；雾沉天暗，织身刹尾点孤灯。夫忙妻急兮，风过树定人未定；女织男舂兮，雨歇天晴汗不清。争时赶市，过渡口于夤夜；卖席买米，上州城于黎明。心急路遥兮，细雨涧响；担重脚轻兮，矮埠舟横。嗟乎！天地清明，山川黛色；暖屋生蚕，暄风引莛。一年风雨春相似，别样山河梦难成。呜呼！人间笔墨，书写三界美景；农民百姓，唯求五谷丰登。

符培鑫先生赏析：

文辞之华丽，美于"一片青山，万种风情"之三春。美得让万物留连，"花颜枯槁愁蝴蝶，草色葱芊醉蜻蜓""牛随青草去远""蛙倚禾丛长鸣""燕尾蹁跹于微雨，莺喉婉转于初晴"，

"愁""醉""远""鸣""蹁跹""婉转",如诗如画,将万物在谷雨三春之景,形象、逼真、生动地展现于天地间。美得让人读之而放不下,"共君今夜不须睡,未到晓钟犹是春"。而"春蒲软草借明月""织身剡尾点孤灯""风过树定人未定""雨歇天晴汗不清""一年风雨春相似,别样山河梦难成"。农民百姓劳作之辛勤,生活之艰辛,尽在不言中,非身历,难有如此深沉之笔,非大手笔,难有如此诗样之文字。"人间笔墨,书写三界美景;农民百姓,难求五谷丰登",于之可见,"为民立命之情怀"。

立夏赋

飘去余香，霎时天气驱寒；覆来绿荫，一夜熏风带暑。天地初交，均衡六合；张盈同生，并欣万物。风音婉约，动叶而不折枝；雨声豪放，催根而又长树。春华夏秀，水清山绿焉！

见和风驰荡，翠杪满山白云顶；炎气凭陵，碧芜千里天涯路。残阳夕照，悠悠溪水流新；轻雷微电，渺渺云峰带雨。烟雾压地于晨晚，云雨翻空于旦暮。零零星星以绵延，淅淅沥沥以断续。润侵庭除茅舍，绿涨田畴院宇。噫！红桃青李夏云，新绿平湖河渡。花尽蜂稀，风过黄莺鸣俦；泥新燕闹，雨后斑鸠唤侣。叹荔枝壳空，山稔含蕊；芒果坚涩，石榴未熟。池塘浪细，尾尾游鱼翻藻；灵沼波皱，点点荷尖争露。四月惟夏兮，气清和而吐润；运臻正阳兮，禾分蘖而发育。百物之盛，承天地之恩赐；万类之盈，纳自然之禀赋也！

噫吁嚱！遍地青纱绿帐，是处风帘翠幕。然青黄不接，薯米断煮。昔日之乡村，旧时之佃户。寒冬易过，初夏难度。迢迢长夜兮，空望长庚对月；朗朗乾坤兮，难解饥肠饿肚。忽忽流光暗消，冉冉东风拘束。百计难施兮，赊借于市井；万般无奈兮，乞讨于阎闾。山长路远兮，行于细雨泥泞道；夜永更寒兮，人在残月斜照处。史迹沧桑兮，风烟亘古矣！

嗟乎！绿暗园林，朱明节序。夏有意带雨而来，春多情携花而去。赞暖雨之弄清，羡翠枝之新沐。然而，既喜熏风吹绿苔痕，缘何又带恼人之飞絮耶哉！

冯应清先生赏析：

《立夏赋》是一幅诗化的气象图。"风音婉约""雨声豪放""轻雷微电""均衡六合"，这预示着一个热情的季节已经到来。紧接着，

"烟雾压地于晨晚,云雨翻空于旦暮",便对"孩子脸"的天气进行绝妙的诠释。

时令中的夏天是强盛的,时代里的夏天是苦难的。立夏伊始,尽管熏风带走寒气,但毕竟是青黄不接季节。"旧时之佃户""薯米断煮",只好"赊借于市井""乞讨于闾间"。"史迹沧桑",夏天留下辛酸的印记。"既喜熏风吹绿苔痕,缘何又带恼人之飞絮",深情感叹,发人深省:要造福人类,社会环境较之自然环境更为重要。

时令时代两对比,给人深刻的印象和启示,妙不可言。

小满赋

夫物极必反，大满则溢，小满适中，不累有无。正阳天气，雨丰盈而急骤；绿荫大地，风温润而清徐。桑叶正肥，禾苗抽穗灌浆；草木丛深，番薯藤叶黄枯。不寒不热时节，晨风爽凉；多云多雨气候，朝日温酥！

仰熙丹崖而叹春去，俯藻绿水而羡夏初。残红换翠嫩，山中千树葱蒨；鸟语代风声，林间百翻欢娱。黄鹂鸣翠，真情而又真意；林鸠追侣，相逐而不相呼。愧看山前羊跪母，羞闻树上反哺乌。雾敛澄江，风剪吐新之丝柳；云开净影，雨洗蘸碧之烟芜。新雨溪凉，岸草涡漩顺又逆；灵沼波暖，小荷风拂卷还舒。翠璞向人兮，渺渺养云涵影；白练挂川兮，喧喧喷霓飞珠。噫！节气回环，似曾相识；

晴雨无常，却犯糊涂焉！

噫嘘！三月无米，四月有薯。苍天有眼，拯穷困于草野；节气含情，解潦倒于江湖。于是，掘薯而冒骤雨，清洗而蒙夜幕；鉏丝于小庭院，晒干于岭通衢。是以，争先恐后而标真圆，捷足快登而画实弧。和睦邻里，几块砖头分楚汉；友好闾阎，一扎杜簕划越吴①。撒湿丝于天之欲晓，收干条于日之将晡。然而，风云变化于顷刻，雨晴转换于须臾。风迟日媚，才见晴空既至；云愁雾恨，又闻暴雨将徂。撒下收起，以避雨情入魔；收起撒下，以待日火出炉。乡村百姓，田野农夫。急似热锅之蚁，乱如汤水之鱼。愁乐一体，甘苦难梳矣！

嗟乎！熟知痴云不散，而常带雨；惯看野水无声，而自入渠。悠悠岁月，只今暗绿荫大地；忽忽流光，又见细柳映新蒲。呜呼！逝者如斯未尝往，后之视昔又何如也！

---

① 杜簕：雷州半岛的一种野生植物，态如菠萝。其叶呈三棱，每棱长刺。农村人常用其叶曲结以作标志。

刘刚先生赏析：

小满为题，以理发脉，以理收束，中间铺丽辞以成赋，合体性而寄情。

意称物，文逮意，此之谓也。黄鹂林鸠，体自然以物性；山羊树乌，成孝敬于人伦。天悲民而纾困，或风雨无时；人知理以睦邻，惟甘苦难梳。凡此种种，皆合风雅之旨。作者在斗转星移中深明物理，细绎人情，故能知回环而悟无常。末句"逝者如斯未尝往，后之视昔又何如"，非道决八极九垓、思绵往古来今者不能言。

此赋旷哉！

芒种赋

农候节气,亦稼亦穑;天南地北,农忙农闲。寒暑倾斜,熏风携绿暗度;晴雨均平,骄阳挟红明传。虹收残雨,田埂千鼓飘荡;霞映朝晴,林间百啭清圆。

放眼满山泛红,山稔开花灿灿;映天绿碧,渌沼荷叶田田。回眸螳螂抓捕,榕树枝头跳黄雀;乳燕学飞,石榴丛里鸣杜鹃。天南梅雨熟梅子,红绡香润荔枝天也!卷岫浮白兮,青山黛黛;远峰凝碧兮,流水潺潺。水稻红头兮,风摇千里之绚蒨;禾丛垂颖兮,云浮万顷之彬斑。行田间管理,放牛羊于高峻;约定俗成,禁鹅鸭于塘边。排积水以涸丛底,培新根以护禾端。任暑雨之淋润,借炎风以熏煎。择天晴以开镰矣!

噫！芒种落雨流原野，端午涨水满长川。南渡口深，行节日之竞渡；擎雷水长，举龙舟之夺冠。曾见人山人海，听瘾急管繁弦。然而，水远路遥，却教穷困占流年！于是，就地取材，木筏扮演彩舟；因陋就简，竹排权当龙船。脚帆掌桨，扬波水次隈隩；杆舵棍棹，击浪中流渊玄。顺沙溪如挂风帆，逆石鳞似按云轩。滟滟随波千百里兮，处处江河见月妍。

呜呼！年少不知陶令，然身心已入桃源矣！

吴茂信先生赏析：

文学的功能在于反映生活，要正确反映生活，在于生活积累，一切积累都来源于观察。善于观察生活是作者的优势。这篇《芒种赋》，对这个节气中的景象、物候、人事、农艺等都作了准确的描述。当然，"芒种"这个节气的名字来源于"芒"的形象，事关麦芒与稻芒。于是乎，作者叙之曰："水稻红头兮，风摇千里之绚蒨；禾丛垂颖兮，云浮万顷之彬斑"。此时农家生活，都围绕着稻麦的成长状况而展开，既是一幅风景画，又是一幅风俗画，更是一幅田园风光，恬淡闲适，自然清雅，妙在落定于"桃源"二字上。口诵心惟，解组思归也！

夏至赋

渐次而消,春潮残红退尽;猝不及防,夏日熏风骤起。白昼长极,立竿无影;北陌暴雨,南阡朗日。阴生阳衰,半夏萌芽勃发;日长影短,鸣蝉始噪鼓翼。雷雨阵阵,骄阳凛凛;鹿角始脱,节令夏至矣!

乌云过江,两岸冷雨滂沱;浓雾压野,千里雷霆霹雳。横黛绝巘,绿染流翠簪青;香尘紫陌,雨滴跳珠飞碧。云涛涨晚,风摇荷叶珠不定;斜阳夕照,水托芙蓉泪明媚。雨檐蛛网横挂,风树雀巢欹立。潮水绿侵柳岸,晚霞红入枫底。乔木鸠语闹于晚凉,画梁燕声破于昼寂。雨歇风篁当空而舞,夜静云汉临窗而倚。曙光照晨,云鹏戾乎玄象;炎蒸日午,沉鲲横于天际。长虹溢彩兮,随夕阳之荏苒;

早稻金黄兮,任西风之摇曳!

于是,雄鸡报晓,稀粥番薯熟透;晨光熹微,镰刀尖担齐备。藉朝阳之早醒,趁云雨之迟睡。假晨风之清凉,踏田埂之迤逦。谋篇布局,并进以父子公孙;摆兵列阵,参差以夫妻妯娌。精心收刈兮,力保颗粒归仓;抢时清田兮,不误农时耕植。噫!变化多端,骄阳阵雨交加;标格自然,农桑稼穑相逼。黑云翻墨兮,难解风雨之怪诞;白雨点钱兮,奈何云雾之诡戾。纵有驯服之望,难成破囊之计。云踪雨迹难寻,新愁旧恨相继。烈日隆赫兮,满头大汗出毛孔;炎蒸威凌兮,周身湿透非雨滴。然而,手执旧镰,明腾稻浪三百里;怀抱新谷,潜沸心潮九千尺矣!

嗟乎,节物如旧,千里河山;情怀可怜,万重烟水。讨厌湿蒸,而是布施之惠;可恶炎热,乃行馈赠之实。雨足阳骄,乃长物亲民之节气也!

周明理先生赏析：

二十四节气的设定，彰显我们中华民族祖先的智慧，对农业生产适时操作起到了极大的作用！这也可以说是农耕民族安身立命的律令。以赋文形式把二十四节气生动形象地表现出来，这是《田园百赋》的一个大亮点！

湿蒸行布施之惠，炎热施馈赠之实！夏季气候虽不宜人，但的确是夏收秋实的佳期啊！

小暑赋

出梅入伏[①]，雨暑共季；热炎气温，昼夜相同。于山暗闻雷，声震寰瀛威霹雳；竹喧见雨，云翻泽国水浮空。溽暑阴郁，晨晚闷如蒸煮；热浪飞腾，日午燥若焙烘。暑湿至极，何处觅中庸耶！

田野炎热，蟋蟀躲于墙角；地面酷暑，老鹰翔于穹隆。浅水如汤，青蛙长话短说；林风似焙，鸣蝉事简言冗。似诉埋地之委屈，如夸出土之奇功。骄阳似火，深林鹊鸲声欲醉；烈日若烧，隔叶黄莺语惺忪。枫叶平展，失去往时之活泼；柳丝不动，少了平日之轻松。铄石流金兮，若处

[①] 梅：梅雨。节令小暑，梅雨天气结束，而进入"三伏"。

火山烈焰里；呼风唤凉兮，如坐蒸炊釜甑中。登台拂衣热犹扑，挥扇扇风汗更融。噫！清溪流碧，浸浴蓬头稚夫；池塘水浅，对阵光腚顽童。草席平平铺热地，网床摇摇挂古榕。

吁嘘！雨滴青钱，珠圆擎掌荷叶；斜阳复照，光耀玉立芙蓉。朱霞洞锦，参天乔木翠欲滴；绿草云珰，茁壮新苗叶齐冲。企踵远望千山秀，翘首争瞻七彩虹。朱光下檐兮，满目云霭疑飞雪；绿影荡帘兮，一缕清凉不是风。

嗟乎！风吹热浪，助威勤劳之百姓；雷携炎蒸，夸奖炙背之良农。乘雨隙而挺身，顶烈日而弯躬。司空见惯，遇酷暑而淡定；习以为常，逢溽湿而从容。笑对风云变幻，静看烟水万重！

周明理先生赏析：

浅水如汤，林风似焙，骄阳似火，烈日若烧！
蟋蟀躲于墙角，老鹰翔于穹隆……
风吹热浪，助威勤劳之百姓；雷携炎蒸，夸奖炙背之良农……
寥寥数语，写尽了小暑炎热的酷象，又带出了对冒着酷暑雷雨辛勤劳作的农民的崇敬。真正是"文章本天成，妙手偶得之"啊！

大暑赋

斗指干丙①，大暑即至。阳气上升而现龌龊②；阴气下伏而生闷湿。蟋蟀哀鸣声切切，萤火流烂光熠熠。回想昔日农村，搜寻儿时记忆。津津乐道，滋滋有味矣！

夏收秋播，中伏天气。烈日蒸空，道静人稀多清寂；午阳烤地，水阔山遥少行役。浅水若沸，黄鳝躲于泥下；干田似蒸，螃蟹趴于禾尾。忍饥入洞，青蛙深藏不出；临渴避水，田鸭寻荫栖息。晒哭石狗不流泪，热疯黄莺醺醺醉。烟雾消弭，月援助之而非时；白云崩塌，风欲救之而

---

① 斗指干丙：北斗七星的斗柄指向天干的丙位，此时太阳到达黄经120度，为大暑节气。
② 龌龊：暑的俗称。《时病论》："因暑气夹秽而袭人，即俗称为龌龊也"。

无力。噫！万物空有相怜之意，却无相救之计也！

吁乎嘻！赤日暴露形骸，人间几焦烈炽。水风鼓以炎热，身躯如坐蒸屉。患洪燎之在床，挨焚灼于衽席。怨榕棠之荫短，仰青蕨之风起。摇草扇以驱热，寻凉国之欲避。于是，夜幕降临，月光覆地。或分散于塘岸，或集聚于树底。老人特权，溜溜石板独卧；先来为主，脉脉网床静倚。家庭时事交流，响水烟筒传递。争辩昨日话题，重复以往故事。月堕更阑，公孙同席而眠；河移光转，人牛隔树而睡。此景何描，斯情谁寄乎！

大暑不暑兮，五谷不生；三伏无雨兮，缸里无米。小暑雨银兮，大暑雨金；早造争候兮[1]，晚稻抢日。挂锄歇暑兮，盼雨心急也！六月乡村，收割插秧双相继；三伏农人，季节农时两催逼。是以，打雷于东，忧结胸间心情淡；闪电于西[2]，喜上眉头脸明媚。且看甘霖即降，天公福赐矣！

---

[1] 早造争候：农历十五天为一节气，五天为一候。
[2] 闪电于西：夏天午后，闪电如果出现在东方，雨不会下到这里；若闪电在西方，则雨很快就会到来。故有谚语："东闪无半滴，西闪走不及。"

周明理先生赏析:

大暑接小暑,人间忌蒸煮!大暑不暑分,五谷不生;三伏无雨分,缸里无米。

这是何等体悟天时地气啊!

立秋赋

雨横伏酷,六月炎蒸未歇;绿水朱华,七夕立秋继暑。浩浩中华,幅员辽阔;巍巍昆仑,脉络无数。季节相同而气候差异;经纬有别而时令不误。南方天气,热带水土。造化千端,自然万物。小麦高粱,长白山下已黄橙;稻禾番薯,天南重地正青郁。春日煦和,绿族抽枝长叶;秋风夜凉,万木强干壮树。噫!雷州半岛,梧桐落叶已临冬,何觅"秋风凋碧树"耶?

夫阳升阴伏,乃夏热之所至;日短夜长,即秋凉之开局。日照通透,天气初肃。昼观旷野,盈盈流水清风;夜望星河,皎皎牵牛织女。松间明月泻银瓶,石上清泉响飞瀑。阳光难碎异彩映,白云易结奇峰矗。不循章法,夹电西风僭越；紊乱规矩，带雨行云飞舞。倾滂沱于时霎，布连绵于晨暮。秋阳初照，沼池荷叶枯萎；凉风夜侵，丛上莲颜束素。枝头柚橘总占秋，惹得群香齐嫉妒矣！吁嘻！余暑未消，浴鸥对对梳洗；凉气乍临，乳燕双双飞骞。黄鹂鸣风，子规啼雨。凉暑交替，点点栖枝素鹇；鱼虾趋肥，行行贴水白鹭。听寒蝉之洋洋得意，悟蛙鼓之命俦啸侣。黄牛惧水，且向树荫喘明月；家鸭厌热，暂对清泉涤烦虑。初秋入井兮，甘冽泉浮；山月当人兮，窈窕舒露也！

回眸禾地，放眼田亩。广袤无垠，青绿竞逐。远空雨歇，农妇除草施肥；平野烟收，耕夫疏横清曲。断霞散彩，沙溪青芜水闲萦；残阳倒影，江头嫩翠风飞举。且停且看，禾叶冉冉青照水；且行且止，清风袅袅芳草路。呜呼！东西南北，定标把向；春夏秋冬，循环往复。岁月流逝无情，季节变化有序。

贺义梅女士赏析：

　　作者用平铺直叙手法，将南方的初秋景象描写得淋漓尽致。通过对比南北气候差异，作者感叹："雷州半岛，梧桐落叶已临冬，何觅'秋风凋碧树'耶？"又以番薯、绿族叶来渲染，勾勒出一个草木万物葱郁的南方初秋景象图，抒发了对家乡故土的无限热爱。

　　此赋文辞清婉，音律谐美，情景交融，景中寓情。描写了明月、秋雨、柚橘、黄鹂、白鹭、鱼虾等雷州景物，并赋予抽象的感情以形体，特别是使用对仗手法，描写细微，动感分明，在呈现自然之景的同时又体现丰富的生活经验。"松间明月泻银瓶，石上清泉响飞瀑"，这是王维"明月松间照，清泉石上流"意境的再创，使人感受到秋与夏的深幽清净不同，秋境雄阔而高远。

处暑赋

秋风萧瑟,枫叶红于北国;雨云游荡,玉蕊青于南版。处暑颜色,分染村店。然其乐意担当,应阴阳之消长;不辱使命,顺凉热之转换。承前启后,送大小暑之近离;继往开来,迎小大寒之远返。天地始肃,秋景初见也!

夫三伏适过,然溽暑而未消;骄阳化霖,于龌龊而难减。风有凉意而地不允,水怀爽心而日难遣。然而,热去大暑之疯,雨非立秋之乱。见其速来速去,速战速决;成行成线,成阵成片。滴清泡明,以表地湿之饱和;丝直点大,分明风力之疲软。慷慨大度,来前云水朦胧;干净利落,去后斜阳灿烂。狂驱急雨兮,骤扫残暑;草凉秋嫩兮,夜深昼浅。旭日流光,青芜晨露蘸碧;银汉泻影,月宫晚桂烂灿。石泉落涧，音雕十里熙和；云罅漏晖，光写一川绚蒨。诚然大地之热未退，而天空之色已变矣！

高山回眸，平野放眼。身怀六甲，花生放针流倩笑；情窦初开，禾苗分蘖怀美盼。长势有声，甘蔗抽枝拔节；风吹不飓，香蕉叶黄果偃。噫！山色空蒙岚翠飞，波光潋滟湖水满。鹤舞婆娑，蛩吟续断。喜鹊呼群，斑鸠鸣伴。遵时显节，捕猎祭鸟林里鹰[1]；依侣携子，整装待发梁上燕。善哉！旷野雨歇，劳作于庄稼田丘；江月初升，编织于农家庭院。丰衣足食兮，憧憬巧描；发家致富兮，心帆高展。人心从善，寄意柳暗花明；天道酬勤，祈望时来运转矣！

吁嘻！寒暑过渡，风云变幻。三候尽力[2]，恭疏引短。见高低随宜，袅袅凉风吹起；收放自如，离离暑云飘散。至于余暑何消，且待秋分之研判也！

---

[1] 捕猎祭鸟：处暑时分，老鹰大量捕猎鸟类，但不吃而置放于巢前，像人间一样祭祀。

[2] 三候：每候五天，一节气十五天，分为三候。

贺义梅女士赏析：

　　作者描写了处暑初秋在南国乡村的所见所感，反映出了夏秋之交南国的风情特色与气候变化，一切事物已随节气而发生变化，秋气萧瑟，万物自然改颜。

　　"身怀六甲，花生放针流倩笑；情窦初开，禾苗分蘖怀美盼。"这两句运用拟人的修辞手法，用"流"和"怀"将花生禾苗人格化，想象奇特，富有情趣，可谓神来之笔，作者欣悦之情尽在其中，即所谓景中有情。

　　此赋静观自得，秋天景物的变化与自然界的生长动静结合。作者"高山回眸，平野放眼"，将秋色、秋风、秋水描绘得形象动人，意境恬静清新，声韵和谐，对仗工整。全文不尚雕琢，给人以秀美清淡、雅致勃生的美感享受。

白露赋

斗柄指癸,申酉交投。凉意渐浓之一节,水汽凝露之三候。白昼阳光,虽热而无溽暑之闷;夜间清风,初凉而有幽爽之优。月夜凝睇,清晨回眸。水珠剔透于花瓣,露滴晶莹于枝头。柳衰荷败,树上鸣蝉声咽;鸿来燕去,阶下蟋蟀鸣愁。候鸟密飞于海滩,新翮集结于沙洲。红树林下,万喙觅食;大榕树上,百羽绸缪。肃杀临近,群鸟养羞也[①]!

顾丛中橘柚全退席,树上柑橙总占秋。登临骋目,万里晴空蓝蔚蔚;陟高辽望,满目禾苗绿油油。纵横阡陌,

---

① 养羞:"羞"同"馐",即美食,指诸鸟感知到肃杀之气,纷纷储食以备冬,如藏珍馐。

棋格田畴。恰向晚孤烟起,扬新蕊稻花稠。见其靓女面容,残照润滋淡淡;孕妇身段,暗里香来幽幽。农人施肥以壮尾,田间保水以丰收。噫!秋光映水沉玉璧,西风吹梦入江流。

雾敛江澄,闲泛兰舟。不辞迢递,酣畅优游。秋江空阔兮天气清和;风卷絮飞兮水漾萍浮。望鸥鹭低翔,聆渔歌之阵阵;镜波簟平,醉欸乃之悠悠①。云岚叠叠生酒兴,擎水湾湾任赓酬②。吟诗答赠,帆下狂呼佳句;助兴清唱,舟上响振歌喉。平生诗兴酒里出,千古风流蚁浮瓯③。脉脉横波,洗涤千年名利;纤纤玉手,清除万斛烦忧。云涛烟浪,全收眼底;是非成败,尽付轻沤矣!

月华如水,潋滟无际;露白似银,光满船楼。人生难得一知己,故友重逢百杯休。醉里神仙,万般温柔。忍把光阴轻抛弃,笑谈风月愿淹留。呜呼!月堕更阑,天高气

---

① 欸乃:摇橹声。
② 擎水:雷州母亲河擎雷水,现称南渡河。
③ 蚁浮瓯:酒名。

爽,风起凉飕飕!

贺义梅女士赏析:

  此赋一半写景,一半抒情,把秋天秋意雷州的美丽景物尽收眼底,后面写会友之喜悦,意尽篇中。

  秋风凉爽,万物改颜,随着气候变化,作者心境亦从容悠然,展现出岁月静好如流水,闲来无事不从容的惬意。作者在泛舟凭栏后,与老友重逢,把酒言欢,不为名利奔走,不因事务缠身,忘利、忘名、忘我,有"见素抱朴"的隐逸情趣,亦有雄阔豪迈之气概。

秋分赋

秋色平分,雷始收声。桂子飘香,黄菊吐艳;寒蝉凄切,蟋蟀哀鸣。阴阳和而乾坤肃,昼夜均而寒暑平。秋高气爽,水稻花扬米白;日丽风和,柑橘色显黄橙。泉石耽耽,斜风渺渺;星河耿耿,秋水盈盈。暂弃墨池看风景,闲游湖水载月行。

下弦缺月,向人舒以窈窕;蟾宫桂魄,对影露以峥嵘。风摇涟漪,雷阳湖深秋色嫩[1];水漾琉璃,腾蛟湾湛波纹清[2]。庆云一台作揖而远送[3],鉴虹二桥打拱而相迎[4]。画舸幽幽,兰桡轻轻。或宛转于风逆,或泛漾于波横。或环

---

[1][2][3][4] 雷阳湖、腾蛟湾、庆云台、鉴桥、虹桥,均建于擎雷书院内。

岛而迁斡，或穿桥而旋衡。见烟笼鸠鹊窝岸树，月照鸥鹭卧芜汀。绿丛缠绕，高耸水轩烟阁；疏影横斜，掩映花榭风亭。月色侵人，卧看中天织女；清风弄影，抬望西方长庚。娇波刀剪兮，轻楫荡破水底月；碧皱笔描兮，兰舟冲散湖面星。泛舟江湖，有思亦有情也！

噫！今夜秋分明月，天意遍洗寰瀛。秋凉佳气，风流岂无阮步兵耶！于是，临风把酒，对月举罍。少吟碣石之诗，喜看横秋之雕鹗；老咏赤壁之赋，深思变化之鲲鹏。吟看醉赏，而玄会于天地；气静神虚，而融涵于阴晴。如登天游雾，挠挑无极；全性葆真，相忘以生。淡泊襟怀兮，获虚极之净化；闲适心态兮，享静笃之空灵。得物外乾坤，强于唐诗汉史；立胸中日月，胜于释典仙经。吁嘘！泛舟借月，闲游赊灯。且对清波涤烦虑，倍觉鹤心通杳冥矣！

嗟乎！明月不嫁而有爱，清风不娶而多情。呜呼！贪滥风月任人评！

贺义梅女士赏析：

此赋大气磅礴，意境高远。读来令人心境开阔，回味无穷。对景抒情，从浅到深，由近到远，诗词典故顺手拈来，寻常事物不寻常。

高琳女士赏析：

"明月不嫁而有爱，清风不娶而多情。"这是全文的金句，读来令人过目不忘。该赋以众多的意象，如桂子、黄菊、寒蝉、蟋蟀、稻花、柑橘等事物描写落笔，再写到月色清朗，把酒临风，"暂弃墨池看风景，闲游湖水载月行"的叙事，借景抒怀，叙事言志，颇有东坡豁达、开阔之文风。"娇波刀剪兮，轻楫荡破水底月；碧皱笔描兮，兰舟冲散湖面星"，这两句融情于景，写得优美、灵动，似有未尽之言，留白之处，引人深思，亦与人共鸣。

秋分一半诗一半，沧海青冥，明月清风，为秋风秋情之别矣。

寒露赋

火星西沉,大地秋风萧瑟;蘋花渐老,天气凝露生寒。西风黄叶,是处红消翠减;绿丛金朵,惟见桂艳菊妍。青黄相间彩林景,灰白分明鸿雁天。暮侵白鹇而失素,晨染皓鹤而夺鲜。枫红深秋,野田寒露;断鸿声里,蝉噤荷残。云涛涨秋晚兮,冷气向夜阑矣!

宋玉多情悲秋景,百姓翘首盼丰年。登高骋目,稻田叶绿秆挺;临埂细看,禾丛脚黄穗弯。剑叶抱穗,青枝可堪。腰粗背厚,形如武将卸甲后;肚鼓胸阔,态似孕妇分娩前。深深禾浪,塘虱成群而夜饮;浅浅田水,泥鳅结队而晨餐。白昼日暖,田蟹出穴觅食;夜晚风寒,青蛙入洞孤眠。噫!精要在于细察,微妙出于静观。若夫阳光明媚,青穗晾花飘香阵；天气清和，稻谷结丸起祥烟。至若带雨冻云黯黯，裹雷风声喧喧。即心忧风晚，花蕊脱穗落尽；神伤雨夜，稻粒空壳无丸也！噫嘘！旧时社会，农耕家园。如若寒露刮风，即苍生泪涟。非逃荒即乞丐，不借贷必卖田。是故常求雷首之怒色，祈祷妈祖之慈颜。

呜呼！雷山葱翠，擎水潺湲。凝历史之赓续，流岁月之迁延！

贺义梅女士赏析：

此赋呈现出一幅色彩艳丽饱和的秋日丰收景象，作者不悲秋而赏秋，赞秋，在秋中回味旧时路，不胜感叹。

霜降赋

气肃而凝,露结为霜。烟水迷蒙,天因雾色而矮;风露凄清,云随雁字而长。夜永露聚,清晨白花染枯草;天寒月近,长夜新影入旧窗。断云片片,抚草木以休眠;沉雾团团,掩蛰虫以闭藏。巧借亭午,雾敛澄江。登临远眺,一江擎水浩渺;陟高摇指,两洋稻菽金黄①。想喜出望外于陋巷,见兴高采烈于田洋矣!

噫!寒露不冷兮,风怒方寸;霜降变天兮,雾乱阴阳。万物颓然,厚云郁而四塞;千里萧条,浓雾滞于八荒。暮色秋烟凝重兮,风声牖叶虚逄;半江残月寂寞兮,一岸冷云凄怆。游子思乡兮,句句愁于星月;文人悲秋兮,字字

---

① 两洋:雷州平原,俗称东西洋。

苦于参商①。西风瘦马，马致远作小曲；北雁南飞，王实甫记西厢。无边落木，杜工部之惆怅；冷落清秋，柳耆卿之彷徨。灞陵相别，李白填词醉酒；清樽断送，东坡赋诗衔觞。千里悲秋，染华笺以佳句；历代文豪，渲简牍以华章。或闯荡于江湖，或辅弼于庙堂。或栖迟之衡泌，或蝉冠于朝纲。或逍遥于广泽之中，或徜徉于山峡之旁。或诉羁旅之痛楚，或言行役之感伤。皆动宋玉之悲凉也！

嗟乎！春华秋实，人类生活之实景；怀春悲秋，艺术意境之篆香。自然之云蛮雨暗，江头月底；意象之水活石润，树秀山苍。年年之霜降，岁岁之秋光。是以文人悲秋，乃见忧国忧民之心肠也！

贺义梅女士赏析：

"烟水迷蒙，天因雾色而矮；风露凄清，云随雁字而长。夜永露聚，清晨白花染枯草"。妙用起兴的手法，有如《诗经·蒹葭》苍凉幽缈的美妙境界。列举历代文人悲秋，实为忧国忧民，提升了自古以来伤春悲秋的小格局。

---

① 参商：两星宿，互不相见。

立冬赋

　　万物休养，生气闭蓄之始；千里收藏，一年四季之终。明河有影于烟云之外，寒露无声于草木之中。收获季节，风尖田涸稻熟；阴湿天气，雨细日矮烟朦。竹篱茅舍，擦昔日稻棍之滑；孤村陋巷，清旧时谷场之空。女割男挑，风露冷而稻田闹；夫唱妇随，煦润和而旷野融。少年亲历长记性，今日诗酒养疏慵也！

　　噫！插秧看其耐性，收割见其真功。镰铸斜齿，内弦外弓互不乱；刀配木钩，正手反腕两从容。起起落落而割兮，面朝灰土；行行畦畦而放兮，背负苍穹。纵横交错，重复去年旧迹；上下参差，还原前岁陈踪。于是，稻草捆稻合一体①，尖担担稻分西东。或两捆一担而飞跑，或一担四捆而冲锋。天寒水冷，孤云漠漠不成雨；心暖肩热，稻担沉沉却生风。顾四捆之尖担，曲若牛角之无弦，弯如象牙之有弓。或选材于老竹，或取根于古榕。赋态于麻绳捆绑，造型于炭火通红。显以艺术，行弯曲之适度；如造兵器，求软硬之中庸。舒于接肩，缠中间以藤纸；便于深插，镶两尖以青铜。回雁声中，立观四捆一肩担；飞鸿影里，追看一担两山峰。气堪移山倒海兮，势可搏虎骑龙。淑女眉舒一弯月兮，男子胸吐万丈虹。美哉！农民吃饱力无穷矣！

噫吁嘻！回首紫陌，放眼广从。冻云寒烟，怜路上扫粒之白妪；斜风细雨，悯田间拾穗之黄童。盘中一餐兮，颗颗汗水，粒粒香浓。呜呼！风云变幻，罔测星辰日月；季节回环，长忆春夏秋冬。韶乐曲里，愿为农人再添歌钟！

---

① 稻每捆重五十斤，直径约八十厘米。一般担两捆，即一百斤。四捆约二百斤。

吴茂信先生赏析：

岭南春早，雷州冬迟。作者笔下无寒，反热浪翻腾。看秋收沃野，遍地黄金。作者专注于雷州钩镰，一往情深。把是鹰躯挺立，刀是鹰首轩昂，木钩乃迎风展翅。农人挥舞，虎虎生风。挑稻场面更为壮观：双挑健步如飞，四挑尽显雄风；尖担独领风骚，肩挑日月，步踩清风。非农家子弟，岂能达此境界！立冬胜景，何冬之有！

小雪赋

夫天地不通而闭塞成冬，土壤冻结而阴阳不交。云归海浦而雾重，烟回川原而虹消。小雪而不见飞雪，天冷而多现寒潮。斯时也，东北风光，冰封惟余莽莽；江南景色，天寒不损滔滔。回首旧时乡村，再现竹篱舍茅。收割告毕，交粮缴税汽灯照；春耕未至，挖沟筑坝红旗飘。擎水深长而无钓叟兮，雷山凄冷而有童谣。

快哉！玩耍相邀总角，牧牛结伴垂髫。取暖烧火，光丫耻笑短褐；充饥瓮薯，白腊混淆红条。砌瓮拾柴，以抓阄决楚汉；烧瓮供草，以传火分路桥①。于是，后高前低，

---

① 传火：大家围在一起，烧着柴火依次传递。明火在谁手中熄灭，谁就要受罚。

看草势而选风向；面北背南，扬沙尘以定坐标。见其形非炉非灶，似堡似碉。寓娉婷于绵密，付锐思入芒毫。风下寻草兮，杜簕叶枯刺硬；雾中打柴兮，黄槿枝干树高。攀藤以取朽柏柯，援树以折腐松梢。如狼如虎，爬山越岭开兽道；似猿似猴，上树下涧倒鸟巢。噫！烈焰熊熊，风吹烟尘四散；瓮土红红，气传薯香直骚。天寒日短，抬见夕阳淡淡；肚饱身热，何惧寒风萧萧焉！

吁呼嘘！暮云黯黯，衣上薯香飘逸；山野沉沉，眉间喜气未消。风云变幻兮，懵懂无知秦汉；饥寒交加兮，明敏不让萧曹也！

贺义梅女士赏析：

人在季节变化中更容易怀旧，各种景物、场景宛如电影一般历历在目。但作者放映了一部让人看完忍俊不禁的童年趣事电影，画面立体生动，小伙伴们动作传神，有声有色，热气腾腾，丝毫感觉不到天气寒冷、生活困境，可见作者心态明快，积极向上！

大雪赋

水满必溢，积阴而鹖锁喉①；月缺又圆，萌阳而虎寻恋②。蔽天浓雾，遮云驱雨如布；掠地冲风，挟寒带冷似剑。威压青松欲坠，势摧枯草凌乱。万里迥封光同冷，千山寒锁愁共恨。穷人过冬，夜残陡觉寒骨碎；冻天夜永，梦醒空惊冷魂断。奢侈席底加稻草，家贫无钱添炽炭。天寒地冻，季入农闲空转！

斯时割后田空，正是取土良机；天冷人闲，适逢印砖时段。君不见！天南重地，竹篱草舍款款错落；雷州半岛，

---

① 鹖锁喉：我国古代将大雪分为三候，"一候鹖鴠不鸣"。说的是此时因天气寒冷，寒号鸟也不再鸣叫了。
② 虎寻恋：大雪"二候虎始交"。此时阴气最盛，但盛极而衰，阳气已有所萌动，所以老虎开始有求偶行为。

泥砖茅屋依依聚散乎！就地取材，人勤无愁屋漏；田土建筑，慎防不惧飙悍。机不可失兮，印泥砖、建新屋；时不再来兮，娶儿媳、了心愿。于是，牵牛混浆于熹微，抱泥印制至日晚。冻云漠漠兮，如落地之帘幕；寒风萧萧兮，似喧天之丝管。然而，遵燕翼贻谋之祖训，持克绳祖武之美盼。对杜康"土炮"①，西酉半醉驱寒；仪狄"糖波"②，卯喝三杯取暖。见兄弟助战，良妻为伴。耕牛喂草，儿子送饭。融混泥巴，手揽怀抱肚护；矩形模具，拳擂掌插脚践。方角土砖，磨若砚台之平滑，切如豆腐之棱展。随意排列，疑是鲜花怒放；无心分布，更比花容璀璨矣！

吁嘘！大雪天气，风枪霜剑齐出；土砖出模，干身硬体备选。冬至过后，将见新屋凸现也！

---

① 杜康"土炮"：相传杜康或仪狄是酝酒创始人。土炮是农村经济困难时用杂粮自酿的白酒。
② 仪狄"糖波"：农村在上世纪六十年代，常用制糖剩下的糖波酿酒。

吴茂信先生赏析：

　　方读完《小雪赋》，作者又赋大雪。自忖之：大雪小雪有何区别？无非雪量之大小、寒气之轻重而已。而文章起处"鹡鸰锁喉""虎寻恋"二典故便令人耳目一新。读书破万卷，下笔如有神，确信之矣。

　　更精彩者乃节令之中人之动静。小雪时合股烧窑瓮薯妙趣横生之情境犹历历在目，此番则饱含感情描绘农家打泥砖备料造屋之盛况。从拢泥到牛踩、从摆模到填泥，道道工序丝丝入扣。妻子喂牛、儿子送饭，上和下睦，协调和谐，寒冬里涌起一股暖流。而最可贵者，乃作者对主人公怀着敬仰英雄般之虔诚，"融混泥巴，手搅怀抱肚护；矩形模具，拳擂掌插脚践"，字字句句，足见对父兄之赤心。

　　"大雪压青松，青松挺且直"，作者笔下，农民兄弟俨然棵棵青松，屹立于原野之上。

冬至赋

斗转参横,群阴昨夜消尽;水中火起,云物今朝献瑞。月律潜萌,平添离宫之缺①;佳节生阳,点却坎殿之位②。绿竹新翠,五云已验天心顺;幽禽变声,一刻便增日脚晷。燕雁待时北归,榕棠先紫南际。紫陌香衢,朱檐影里。拜祖祭宗,例行祓禊也!

霜威压野兮,天边雾霭朦胧;山色凌虚兮,路上行人络绎。氏族集于近邻,宗亲来自远地。鼓瑟吹笙以庆贺,舞狮鸣炮以冲喜。白昼最短而思念长,祝福颇深而相忆细。顾宗祠三进,按长幼而序列;灵牌一殿,依昭穆而次第。

---

① 离宫:离为八卦之一,象征火。
② 坎殿:坎为八卦之一,象征水。

香烟烛火，尽生人之虔诚；金猪纸宝，表今世之心意。磕头三叩，缅祖考之功高；屈膝九跪，怀显妣之德懿。燕翼贻谋兮，克绳祖武；耕读持家兮，诗书继世。冀菽水承欢，续贫士养亲之乐；义方训子，效严父教子之理。求螽斯蛰蛰，济美凤毛；瓜瓞绵绵，呈祥麟趾。棠棣竞秀兮，望兄弟之联芳；花萼相辉兮，愿伯仲之既翕。期充闾之赓续①，跨灶之相继②。噫！庆佳节之人情，踏新阳之天气。两相托寄矣！

嗟乎！阴冥丘壑，而烟云长黯；阳触渊泉，而日星迤逦。流光冉冉兮，阴阳交若环转；落叶翩翩兮，时序去如流矢。呜呼！黄钟应律，土圭收影；阳和气象，朱阑静倚。料定东风归期不失矣！

---

① 充闾：光大门庭之意。
② 跨灶：马前蹄空处叫灶。良马奔驰，后蹄印痕超过前蹄的痕，名跨灶。喻指儿子超过父亲。

符培鑫先生赏析：

　　《冬至赋》一篇短赋，缩影一部农村民间传统文化。"斗转星移，群阳昨夜消尽；水中火起，云物今朝献瑞""月律潜萌，平添离宫之缺；佳节生阳，点却坎殿之位""黄钟应律，土圭收影"。作者将阴阳、五行、八卦之哲学思维、科学真知，演绎至极致，让抽象、高远、深邃之文化走出神秘，走近人间烟火。

　　"螽斯蛰蛰，济美凤毛；瓜瓞绵绵，呈祥麟趾""克间之赓续，跨灶之相继"。道出千百年来农村农民诗书继世、耕读传家、望子成龙的憧憬和愿望，也足见作者国学功底之深厚。

小寒赋

　　鸿雁北移,娟娟戏蝶飞舞;喜鹊南巢,片片轻鸥颉颃。树梢雀定,草根虫鸣;玉律声里,又增新阳。返复天机,风云际会而奏凯;升降月华,星辰列位而呈祥。风霜正急兮,潜惊节序迁逝;岁月如流兮,暗觉世事沧桑。天冷农闲,寒晖映芳。正是嫁娶之大好时光也!

　　忆昔时农村,童年故乡。闾阎攘攘,锣鼓喧而鞭炮响;庭院熙熙,新房起而纳新娘。排设婚宴,邀请全村户主;大开筵席,款待香火亲房。近亲捎声,必保大体不失;远客去信,务求细节周详。于是,或择先庚之吉日①,或选后甲之辉煌②。举人生之盛事,绘著代之兰章③。见庭院内

---

①② 先庚、后甲:均指黄道吉日。
③ 著代:雷州话专指婚宴,意即传宗接代。

外，泥土巷旁。置杉木凳之条条，围八仙桌之张张。多见稚头之青青，搀扶白发之苍苍。噫！点清钞票，礼尚往来胸中烙；记准红钱[①]，感恩报德心底藏。先来为主兮，不兴对号入座；人齐即餐兮，无须鼓振钟撞。闻盘碗盆钵，回香浓浓；看勺匙碟筷，宛转幢幢。盘面之肉丝条，炒颜带紫；垫底之萝卜丝，炖色微黄。热气腾腾，粉丝杂以肥肉；香烟滚滚，白豆混以糖浆。白饭任吃，风寒水冷何所惧；米酒痛饮，云涛烟浪费思量。躬临盛宴，饭饱酒足即甘棠矣！

嗟乎！农家自有农家乐，虽是粗布胜无裳。贫穷而不失礼仪，寒微而无损纲常。长天落日，莫道惨舒无定；正道东风，从此天暖日长矣！

冯应清先生赏析：

小寒季节，"正是嫁娶之大好时光也"。作者生于农村，儿时记忆，刻下美好时光。农村嫁娶风俗，耳濡目染，了如指掌，信手拈

---

① 红钱：雷州话专指礼金。

来,行云流水。文赋中农民形象,可爱备至。

热情好客,朴素大方:"排设婚宴""大开筵席""款待香火亲房"。

注重亲情,讲究礼节:"近亲捎声""远客去信""务求细节周详"。

和睦相处,作风淳朴:"先来为主""不兴对号入座"。

纯洁善良,善于感恩:"礼尚往来""记准红钱"。

文体省净,语出自然。诠释民俗,准确得体。《小寒赋》是一本《新家礼便览》。

大寒赋

冻云凛凛,雨水绝缺;北风飕飕,寒气逆极。新旧对接之候,冬春交替之际。万物蛰藏,阴穷而换阳升;生机潜伏,寒绝而催春至。斯时诸神上天述职,人间百无禁忌。时当岁晏,市井乔迁而无翻厝;运际承平,闾阎嫁娶而不择日矣!

大寒迎年,厘清赊欠权务;腊月临节,例行传统祭祀。或祈求而拜天地,或酬报而祭社稷。公婆指点,洗净锄头粪箕;父母安顿,收拾犁耙农器。留瓜菜于近园,备年货于墟市。廿四除尘,扫去一年之烦恼;除夕洗浴,涤除旧岁之晦气。全村共有,竭鱼塘于廿六;多户合伙,宰猪轮于廿七[①]。或熟藏以探亲，或生腊以访戚。张贴春联，岁岁竹报平安；悬挂门额，年年吉祥如意。噫！奔波于除旧布新，忙碌于避害趋利！

然而，穷家过年如过关，何况关河隔千里。衣薄天寒，惨淡暮云才散；家穷命舛，潦冽晚风又起。愁云恨雾总牵萦，新春残腊两相逼。花开富贵，而穷口难开；恭喜发财，而贫说无力。寸心万绪兮，虚度残岁；咫尺千里兮，灵台无计。噫嘘！除旧迎新皆如此，甜酸苦辣难攀比矣！

呜呼！九九严凝，岁序峥嵘溯旧踪；二气周流，风尘荏苒无前迹也！

刘刚先生赏析：

　　大寒乃节气之末，晋代傅玄有同题之赋，写尽大寒物候之肃杀悲绝。此赋另开一境，略写物候而详写人事，写物候而于寒绝中见春至，写人事而于民俗中见岁晏，寓以欢欣希望之理。若止于此，则仍属平格，孰料作者笔锋陡转，承平时记得贫人，热闹时不忘世

[①] 猪轮：农村人一家宰不起一头猪，而多户轮养一头供新年分肉，所以叫猪轮。

艰，以少陵对扑枣西邻之悲悯、乐天对卖炭老翁之体恤而赋格顿高。

此篇得于功力而勇于创新。"花开富贵，而穷口难开"之世情对比，"穷家过年如过关，何况关河隔千里"之意层层递进，足见作者技巧之娴熟。"惨淡暮云""愁云恨雾"之语风，"新春残腊两相逼"之行文，似是以词为赋、以诗为赋之尝试。

此赋悯哉！

第二章 风物篇

兰赋

天生丽质华贵,地禀隽秀端庄。花盛开于炎暑,叶续绿于风霜。纳气韵于日月,涵氤氲于阴阳。淑姿悠态,形高雅而别致;清洌醇正,味静谧而幽香。卓群卉以德懿,历悠久而名芳。国香品位,入孔圣之家语;君子风范,耀屈子之华章。若夫点缀园林,抑或增色厅堂。生机勃发兮,阳春有脚;雅趣横生兮,满目风光。是故灿烂于陋室深巷,芬芳于枫宸椒房。

呜呼!香者之王!

刘刚先生赏析：

　　此赋开篇入题，意蕴深隽，用典精妙，浑然天成。起笔以兰喻人，清丽玉质为姿，容华崇贵作态，而通篇妙论，在于"端庄"二字，曹子建诗曰："谦谦君子德，磬折欲何求？"彼兰馨者，卓尔不群，历久弥香，凝清芬以幽独，意亭亭而明芳。德行圣善，岂非君子耶？

　　拜读赋论，言思不尽，孔屈之语，历历在目。君子修道，不改志节；芝兰芳菲，素也弥章。此谓嘉兰风骨，有脚阳春以誉之，言之所至处，阳春煦物，而兰若馥芳，庙堂无高，江湖无远，皆视一也，亦若是则已矣。

　　此赋雅哉！

茶花赋

瑞花生于嘉木，颜貌鲜美；仙葩开于青树，神态毕肖。凌霜翻舞以展风彩，犯雪开放而掀春潮。或分红紫白黄之各色，或带红白相间之斑姣。茶花盛开，缤纷艳丽，分外妖娆！

其长于西园南圃，开于北野东郊。或盆栽以显雅，或瓶插而示娇。浓青淡绿，丛摇翠背之叶①；深红浅紫，枝含鹤顶之苞。形状碗圆，蕊若丹砂之点缀；花瓣玉莹，萼似琥珀之浮雕。霁天寥阔，浑似赤霞之悚散；淡霭空蒙，恍如彩云之嫖姚。疏雨轻烟，映以闲和严静；晴山滴翠，显

---

① 翠背：翠鸟背。

以淡泊萧条。雪白一片,恰如秋阳三峡水;彤红满枝,胜却春风武陵桃。三月春浓,丛中蝴蝶舒彩翅;五更天晓,花间蜜蜂扭纤腰。宝火烂漫兮,山清水秀;香味馥郁兮,地迥山高。

嗟乎!紫荆灿于二月,经月而颜枯花谢;风铃黄于早春,转旬而色败香消。噫嘻!茶花三枝两朵,先开于寒露霜降;万树千株,后放于冬日春宵。七品三命,《花经》评以玉润①;五颜六色,诗人报以琼瑶。名染风雅颂之笔,品凝赋比兴之毫。奈何!凌寒而非梅花之誉,报春而无迎春之号哉②?呜呼!寄意河山,不受得失之困;忘情物我,远离名利之嚣!

周明理先生赏析:

蕊若丹砂之点缀,萼似琥珀之浮雕……

妙笔生花,浓抹孟春蛇紫嫣红殊美艳;品凝风雅,淡描圆圃萧

---

① 《花经》:三国时期张翊作,将茶花列为"七品三命"。
② 迎春:迎春花。

条悚散忘芬芳……

先人杨朔赋茶花，喻咏物寄情之雅兴；今人若水赋茶花，抒超美诗歌之激情！

吴茂信先生赏析：

《茶花赋》我点赞行文均衡对称之美。我更佩服作者"寄意河山，不受得失之困；忘情物我，远离名利之嚣！"的人生境界。散文作家杨朔创作的《茶花赋》是一篇托物言志的抒情散文。碧泉先生创作的《茶花赋》则以骈文之文体，具有对偶、用典、声律、辞藻等特征。作者的《茶花赋》与杨朔的《茶花赋》虽有骈散之别，但有异曲同工之妙。

荷花赋

骄阳炎炎,夏日融融。莲叶绿碧,荷花粉红。观其莲荷一身,含蕾世称菡萏;红白相衬,出水人云芙蓉。脉脉情愫,颜如朝阳灿烂;亭亭玉立,姿似少女玲珑。青烟罗于叶下,纯香发于丛中。修水无浪,看鱼戏之爽爽;隔叶有音,听鸟声之嗯嗯。近观溪童垂钓金鲤,远看村姑采摘莲蓬。绿塘摇滟兮,庆云瑞霭;清水萌秀兮,紫气长笼。

善哉!大千世界,净土莲宗。直心纯一,修真我之境界;不蔓不枝,去妄念之平庸。远尘离垢,圣花与释迦结缘;得法眼净,莲界和佛国相通。君不见,莲花座上,阿弥陀佛之气宇,观音菩萨之慈容乎!君不见,荷花画于宝殿,莲珠数于梵宫乎!

嗟乎！不图园平圃阔，无恋秋月春风。出卑污而自若，纳氤氲以和同。火中莲花，神奇堪称玉女；百卉君子，洁净般配金童。是故，历代文人，咸歌圣迹；浩繁典籍，永留芳踪。

周明理先生赏析：

不枝不蔓，去妄念之平庸；亭亭玉立，濯清涟以和同。此赋与周濂溪之《爱莲说》有异曲同工之妙！

山稔赋

惹怒青帝而不许争春,得罪女皇而遥离堂殿①。噫!归去来兮,学人间之陶令;心远地宽兮,寻天然之阆苑。别离百卉,开花结果于沙砾;暌索群芳,安营扎寨于偏远。不求声名富贵,无认品性贫贱也!

倩俏精神兮,布茂叶之萋萋;魁奇风骨兮,挺柔茎之苒苒。五月信风,天热水暖。荒山野岭,蝶喧蜂乱。山脚初开,红淡兼以紫浓;峰顶怒放,彤深间以粉浅。灌木丛枝,柔柔细细;木本瓣蕊,星星点点。或簇簇而绵延,或依依而聚散。涂描旷野之通明,装点漫山之璀璨。斜阳映

---

① 传说女皇因醉酒而下令百花立即齐放,山稔花抗命而遭贬谪。

照，仿佛银河悬瀑；熏风吹拂，依稀星汉光转。天蓝云白，抬看乳燕学飞；地阔风清，遥听莺声婉转。噫嘻！引来百鸟献殷勤，赢得群英妒无限焉！

谣曰：六月六、稔籽熟，七月天、山上宴。其籽生似翡翠之包容，熟如玛瑙之镶嵌。肉厚味甜，皮薄色茜。可即吃而解馋，可晒干而保管。或泡酒以药用，或充饥以等饭。济农家之年荒，补民生之岁歉。记得从前，牧童时段。上山放牛，邀群结伴。习习祥风兮，吹久不知天气热；祁祁稔籽兮，摘多渐觉裤兜满。今物新人老，然余情缱绻也！

嗟乎！不与水仙争宠，焉同牡丹比绚乎！摆脱名缰而一念无求，排除利锁而一丝不染。随遇而安，受委屈而不叹；顺其自然，遭贬斥而无恨。闲观潮起潮落，笑对云舒云卷。呜呼！默默无闻，却对人间尽无私之奉献矣！

刘刚先生赏析：

《山稔赋》篇，独枝清逸雅绝，笔墨铺陈，层层深入，以形貌递进，言意至深至远。赋者以"山稔"为题，善见生活意趣之别致，山稔子又名曰"桃金娘"，乃丘陵地域寻常之物，然此篇别具一格，情达意切，又不同寻常者矣。

此赋以山稔喻人，山稔者，不依天秀地灵，山高水远，皆淡红浅粉、翩然葳蕤。赋者词笔细腻，写枝柔细绵延，描蕊星点聚散，由点及面，将浅入深，银河星汉之盛亦难胜哉！又以民谣为承上启下之句，写尽山稔用处之妙，遥忆昔年，更深露重，不尽感念徘徊焉！

此赋善哉！

稻花赋

夫天下百卉斗艳，世间万花争妍。万紫千红而香气清郁，千姿百态而色彩斑斓。诸如牡丹之雍容华贵，山茶之雅韵红嫣。海棠之幽姿淑态，芍药之窈窕婵媛。各具精神气象，自占岁月流年。然而，稻花神奇，尽藏红房艳粉之间也！

大凡早秧于立夏之后，晚禾于寒露之前。见株体强壮，禾丛青绿丰茂；腰身丰满，枝梗胚胎健全。日光轻暖，雄蕊花药破裂；天风清和，雌粉子房渐宽。于是乎！颖片如蚌，含娇羞而张开；花丝似蚓，带躁动而伸延。风为媒妁兮，田地土席；日当灯烛兮，云烟幕帘。雌雄上下默契，彼此左右逢源。快若昙花之短暂，小如谷粒之方圆。斯时也！疏影横斜于有姿有态，暗香浮动于无萼无冠。枝叶出彩，远望浓绿葱郁；颖壳闭合，近观淡黄缤纷。惹得芳羞香妒，蝶乱蜂喧矣！

噫嘻！阴阳结合而冲和，雌雄交配以开元。一朵稻花一粒谷兮，半是壳物半是丸。危如累卵兮，不堪风雨而娇贵；险若悬丝兮，难经碰撞而婵娟。是故，农夫知情，驱牛羊于远地；主妇悉心，禁鹅鸭于近田焉！

嗟乎！大美至简，美在自然。观其容奇色丽，闻之香永味鲜。带泥土之芬芳，夹馋饭之香甜。呜呼！稻花者，花族之神仙也！

吴茂信先生赏析：

借人间第一快事洞房花烛夜，喻稻花之受粉。看山坡放牧牛羊，悟农家对稻花之敬畏。稻花之娇美，丽压群芳；稻花高贵，堪称花王。非经饥历饿之农家儿孙，能有如此深邃之体验哉？

玉蕊赋

玉蕊乃唐代中叶极负盛名之瑶树琼花。宋人于《全芳备祖》中列其为花谱之六，明人《群芳谱》擢其居三。余植于家乡"导和园"。观其奇容艳色、幽姿淑态，而引入擎雷书院。立奇石，筑"玉蕊山"。为余填词作赋、拈韵联诗之天然场所。

夫坚贞相侔于松，馨香并俪于桂。秀掩兰色而妖，艳吞李芳而丽。珠雕玉刻，拔庸俗而卓群；翡萼金蕊，越常俦而迥立。古人之述备矣！然其夜晚开花之时，月下吐艳之际。璇玑悬斡，而振倩俏精神；晦魄环照，而抒风流情志。更显无穷之魅力也！

顾其枝叶扶疏，荣华纷缛；纵横奔放，瑰姿谲起。绿叶簇顶，俨如稚童垂髫；长须悬空，恰似帝冠丝穗。枝弯曲而有权，干端直而无戾。苍郁于平地丘陵，绚烂于海滨水裔。居庭院以芬芳，入园林以点缀。禀艳色而容奇，婴华颜而貌美。形高雅而绮靡，态雍容而华贵。品纯洁而空灵，性平和而恺悌。抱朴素而自然，挹清爽而闲适。是以，颂懿德于丹青，耀芳名于卷帙也！

噫！雷阳湖畔，苏子堤长；擎雷书院，玉蕊山碧。奇石映日峥嵘，玉树临风摇曳。暮云飘散兮，月光朦朦；烟花乍放兮，和风细细。朱蕊痴痴，酡颜共钩月娇羞；芳心摇摇，情怀与熏风沉醉。赤焰灼灼兮，欲与群芳争妍；醇香郁郁兮，敢问百卉轩轾。吁嘻！夏夜蜂蝶早眠，月光飞蛾未睡。于是，争香分粉于丛，鸣吊哭祭于地也①！

嗟乎！秾丽清奇，色庄情秘。闲和静穆，衔华佩实。历终古而传奇，冠天真而奕世。呜呼！生金相而不污，怀

---

① 鸣吊哭祭于地：玉蕊花和昙花一样，只在夜晚开花，每朵花的寿命仅短短一晚。开花时吸引着夜晚活动的蛾类等昆虫前来授粉，清晨太阳升起之后花儿就凋谢了，呈现出一幅凄美的落花景色。

玉质而难弃矣！

刘刚先生赏析：

  小序写咏叹来由，植珍葩于奇石，别有情致。赋开篇即将玉蕊立于松、桂、兰、李间，比之以坚、馨、秀、艳，殆无愧色。状其容貌为"稚童垂髫"和"帝冠丝穗"，令人会心莞尔，宛如在目。玉蕊或居庭院，或入园林，其形态、颜色、品性奇美高洁，实乃文人雅士"填词作赋，拈韵联诗"的绝佳之物。

  叙其朱蕊抱艳、芳心摇醉，景发情思，情为景触。末尾写玉蕊形为金相而自怀玉质，概为作者自吐心声，贾宝玉已入泥中，故为假，但愿真"宝玉"莫与相违焉！

  此赋幽哉！

松赋

栋梁之材,高大挺拔雄伟;森林之母,抗寒耐旱先锋。皮粗硬而似龙鳞,叶针细而如马鬃。郁郁涧底,万棵同根兄弟;离离山上,一株连理雌雄。

其冠蓬松而生动,品贞洁而峥嵘。风迟日媚,屹立山巅如猛虎;雾重烟浓,盘扎崭岩似潜龙。柯条百尺,舒枝展叶彬彬桓桓;森耸参天,餐风饮露郁郁葱葱。沃盥星斗,浮针竦动;欲附云汉,翔鳞乘空。气傲烟霞,素雪千里而色绚蒨;势凌风雨,渊冰百丈而态冲融。和风轻暖,摇姿弄影于明月;淑气幽香,弹弦唱曲于清风。旷野苍茫兮,斜阳残照;轻阴清润兮,淡霭空蒙。枝叶扶疏而自绵幂,倩影横斜而映玲珑。叶深藏鸟,枝浅鸣蛩。常来优游高飞燕，时见绚练新羽翩。抬望树顶之鹤羽排云，遥听叶里之莺语惺忪。岂无淡泊襟怀、旷达心胸也哉！

吁嘻！伴月陪星兮，经寒历暑；遮云蔽日兮，气势恢宏。槎牙之形，现于东西南北；鳞皴之状，绿于春夏秋冬。干铁枝虬，秀色壮于山岳；神清骨峭，秉操贯于苍穹。盘根石畔，添名山之异彩；隐身云间，增胜景之殊容。拔俗超凡，真情投向君子；疾风骤雨，猛志付于征鸿。嗟乎！品与梅竹并列，名和尧舜相同①。盘点缥帙，丹青翰墨心驰神往；浏览古籍，文人雅士情有独钟。百木之长，名居榜上三寒友②；五爵之首，字里蕴含十八公③。"万壑松风"，匾出康熙之笔；"五大夫松"，爵受秦皇之封④。唐宗宋祖，雍正乾隆。历朝皇帝赞赏兮，世间万民推崇。问木族，孰堪

---

① 名和尧舜相同：《庄子·德充符》有"受命于地，唯松柏独也正，在冬夏青青；受命于天，唯尧舜独也正，在万物之首"之语，将松柏与尧舜并称。
② 三寒友：松、竹、梅，合称"岁寒三友"。
③ 十八公：古人拆"松"字为十八公。
④ 五大夫松：始皇帝二十八年（公元前219年），秦始皇上泰山封禅。下山时，风雨暴至，避于松树下，后封其树为"五大夫松"。秦代定爵位二十级，五大夫为第九，为大夫之尊。

比功乎？呜呼！求人间之有限，献世界之无穷也！

刘刚先生赏析：

  此赋开篇立志定性，谓松为"栋梁之材""森林之母"，稍稍状写形貌后，取左思"郁郁涧底松，离离山上苗"之景而舍其典意。后极言松树的生长环境，或屹立山巅直附云汉，或盘扎崭岩凌风飘摇，有清风、明月、斜阳、深雾、飞燕和白鹤等相伴，读来使人襟怀放达。作者最后又回归松的品格，不直言其志，而分列典故，叙其功业勋荣，"问木族，孰堪比功乎？"可谓定论。典故逐一列举，气脉相接联章，也足见作者辞赋功力，绝非常人所能驾驭。

  此赋壮哉！

竹赋

斜出于石压,倒生于岩横。涌现于春信,摇曳于风情。身长体修而飘逸,枝柔叶疏而空灵。动而生姿,添大地以神彩;静而有态,奉人间以琼英。

魁奇风骨,挺立于崭岩断壁;风流情态,袅娜于蒲渚沙汀。立身河岸而波幽雅,映影沙溪而水清澄。簇拥青山,而与翠柏同奇崛;扶疏峻岭,而同青松共峥嵘。卓尔不群,朝阳晨照而显挺拔;风姿绰约,东风回晚而舒娉婷。日媚风迟,微笑多清秀;雨后斜阳,滴泪亦晶莹矣!是故,或成行而绕院,或数枝而入庭。衬托水轩花榭,点缀烟阁风亭。雅致幽廊曲径,和合奇石草坪。竹林幽静风绕铎兮[①],

---

① 风绕铎:相传唐岐王李范的宫中,于竹林内悬碎玉片子。每闻碎玉相触之声,即知有风,号称"占风铎"。

栈道阁寒雨淋铃①。噫！碧纱窗外几枝修竹，晦魄环照意境自成也！

见其丛生郭外，似冠似伞；散绮村前，如障如屏。滤沙尘之骚扰，靖蜃气之狰狞。保富贵于寒暑，报平安于阴晴。噫嘘！雨云漠漠千里暗，竹叶摇摇万株荣。霜操日严，秉节临风以奋进；玉质逾洁，顺应自然而挺生。外直中通以扬翠，虚怀若谷以簪菁。宁折不弯兮，山川色动；正气浩然兮，鬼神魂惊！

嗟乎！世间万物，区区之竹，何为人生世代之心倾耶？岁寒三友，品与红梅共后甲；日长四君，影和清风共先庚。符天地人之向，代真善美之名。德行灌注于文苑，肖像普及于丹青。呜呼！人生贵有胸中竹，心里日月最光明。

---

① 雨淋铃：相传唐明皇在安史之乱平定后，从蜀中回长安，经剑阁栈道，雨中闻铃声，悼念马嵬驿死去的杨贵妃，而作《雨霖铃》曲。

周明理先生赏析：

魁奇风骨，与松柏同崛；一岁成材，偕万木峥嵘！莫听穿林打叶声，何妨吟啸且徐行。竹杖芒鞋轻胜马，谁怕？

榕树赋

枝干盘曲，虬龙蟠伸；独树成林，天伞偾张。涵影养云，而婆娑于丘壑；拖蓝带翠，以扶疏于城庄。扎根于碛砾之地，舒展于酸雾之冈。立赤壁而挺拔，盘悬崖而高昂。残阳倒影，如天马之行空；皓月空照，若鲲鹏之翱翔。古朴而生机勃发，虽多见却不同寻常也！

顾其蟠木根柢，显互生之雨林骨骼；轮囷离奇，留绞杀之生态外裳。风姿袅袅，柯条百尺秀发舞；含情脉脉，柔丝千缕美髯襄。或顺枝而直下，或绕干而延伸，或入土而根植，或绞茎而潜藏。于是，血脉相连而水土与共，枝干交织而新老同当。噫！冠大茎壮，栉狂风而沐暴雨；叶茂枝繁，送素月而迎朝阳。造民生之阆苑，成鸟类之天堂。

遥想当年兮，心驰神往；环顾今日兮，荡气回肠。

吁嘻！光阴荏苒，暌阔古榕年久；春秋循序，今得告老还乡。关空调人为之冷，纳榕树自然之凉。西风吹拂，秾丽清奇之意象；斜阳映照，闲和静穆之淡妆。黄昏微步，寻儿时之记忆；星夜默坐，想苍老之榕棠。脚踩蟠根通水浒，卧看游丝到地长。虬团犹在，记岁月之悠久；铁干尚存，印历史之沧桑。银河耿耿，齐观天上牵牛女；斜风渺渺，孰知当年少年郎耶！

嗟乎！中庸处世而潇洒酣畅，操守秉持而从容大方。不卑不亢，惯看春风秋月；有节有度，笑对溽暑寒霜。青盖三秋之翳荟，绿夺四季之韶光。可玩可赏兮，日月翕张随冷暖；能屈能伸兮，风云变幻任抑扬。胸怀大度，尽仁者之友善；兼容并包，施长辈之慈祥。呜呼！赋人间以和谐，添木族以辉煌！

贺义梅女士赏析：

　　榕树作为岭南文化的象征，作者在此文中表现出了对其无尽的热爱。文章通过描述其枝叶、树干和根茎的特性，对榕树赋予高尚人格与精神内涵，并感叹其具有达济天下、中庸处世的操守与气度。

　　作品词语细腻，笔力遒劲，立意新颖，将写实与抒情融为一体，读来令人襟怀豪放。

乌墨赋

壬寅冬，余同擎雷书院诸君，车适企水镇望楼村峭壁，掘取乌墨树廿余棵，植于书院广场。癸卯春，抽芽长枝，形态喜人。见其蟠踞九曲，横行四极；新枝渺渺，嫩叶簇簇。有感生命之万种姿态，而抒写情思。

常绿乔木，翁郁峰峦之上；粗干圆冠，拔萃陬落之间。果皮多汁如墨，生红熟黑；叶形椭圆似卵，色绿光鲜。枝叶婆娑，柯垂于粗糙之皮；疏影横斜，权分于米黄之干。扯绚丽于半岛，携绮靡入岭南也！

其喜温耐热，无惧溽暑气候；旱生瘠长，不苛水土资源。扎水次而丰茂，入山薮而婵媛。立旷野而飞舞，缀园林而蹁跹。朝日温煦，涵润湿之云露；余晖清凉，袅苒惹之岚烟。浴春风而娇秀色，沐秋月而羞丽颜。灿白花之皑皑，布绿叶之芊芊。屈曲生动，合造化而均符契；盘绕离奇，与浑成而等自然。冠木族而超逸，历岁月而弥传。俪佳名而立异，持朴素以称贤矣！

噫！乔迁书院，前世生缘。纳湖光而擅美，熏文气而抟娴。狎旅客而驻足，感游人而流连。咏秀质于文赋，腾芳声于诗篇。宝地奇树，璧合珠联矣！

吴茂信先生赏析：

乌墨树学名何也？吾实未稽查，读作者绘影绘形，眼前已有一片浓荫。如椽之笔，写景造型，惟妙惟肖，得心应手。若止于此，则自然主义，徒有其象而不见其神矣。此赋妙在将移回之乌墨树为书院增色，"宝地奇树，璧合珠联矣！"格局顿扩，神韵备至焉。

红树林赋

海上森林,地球肾脏;水族乐园,候鸟天堂。天赋半岛,漫漫乎九万顷滩涂;地禀南邦,遥遥乎三千里海疆。海湾河口,红树翁郁;深沟浅滩,绿丛流光。浑成自然而恢恢荡荡,符契造化而浩浩茫茫。

春日熙和,韶光明媚;东风海岸,绮陌尘香。登临遥指于江口海汊,凭高骋目于平滩湄潢。弥漫无垠,青葱绿暗而叠翡翠;磅礴罔测,红嫣紫姹而绘彩章。或划桨衡流而遨游,或乘桴轻漾而彷徉。红树林里,潮流间以涨落;气根上下,水色混以青黄。春风春雨,种籽繁殖;胎芽倒生,落地苗长。纵观其聚散依依如画卷,疏密层层似屏厢。雄姿英爽红海榄,铁干虬枝"白姑娘"。秋茄成丛结伴,芒果一树独当。冷峻萧森海漆貌，娇姿媚态桐花妆。正是春来花信，惹得蝶乱蜂忙。风枝袅鹊，甜喉千唱林泉暖；叶里藏莺，清圆百啭水殿凉。出没浴波鸥对对，往来营垒燕双双。任彩舟兮涵澹，纵游兴兮方皇。望花裙兮袅娜，听娇声兮玲琅。诗情画意，尽寄于点点行行矣！

至若秋高气爽，白云长滩；蓝天红树，相得益彰。临风袅袅以眺浩浩，浛天荡荡以望沧沧。顺向树径，收绿洲以画艇；暗随流水，溯极浦以飞艎。噫！企望轮廓阔而有际，入觅边界冥而无旁。潮退水浅，观鱼虾之洄沿；滩裸涂露，看候鸟之颉颃。快乐逍遥，跳跳鱼上下闯荡；得意忘形，招潮蟹四处张扬。黑领椋、黑腹鹬，凶若鹰犬；白头鸭、白头鸽，狂似豺狼。红脚鹬韬光养晦，红嘴鸥不涸康梁。吁嘻！日暮潮起，红树温床，千羽万翮足以恃仓箱矣！

嗟乎！倒生滩涂，防海潮以铁壁；横生河口，固堤岸若金汤。化骇浪之肆虐，敛惊涛之猖狂。潮涨潮落而显坚毅，风狂雨暴而见刚强。交泰方圆，直面经纬之三极；融合天地，斜看牛女之七襄。鸟欺虾戏而秉雅志，风吹雨打而不仓惶。呜呼！生淤泥而不染，位卑而不失芬芳！

贺义梅女士赏析：

  作者用轻松活泼的笔调写出了海上森林的生长情景与高贵品格。"纵观其聚散依依如画卷，疏密层层似屏厢。雄姿英爽红海榄，铁干虬枝'白姑娘'。"红树林形象入神地展现在海平面的镜头中，美丽极了，如同一幅绝妙的水墨画，淡笔素描，呈现在读者面前。

  此赋构思巧妙，意境新颖，将红树林赋予人格化，写其有情有义，迎难向上，集大地之灵气，与自然和谐统一。细细品味，似乎看到了一位位守候在海岸的将士的绰绰英姿；似乎感受到红树林与万物融合的亲近可爱。具有很强的艺术魅力。

秋枫赋

遂溪乡贤苏清先生,慷慨解囊,赠予擎雷书院两棵秋枫古树。植于书院仪门前。今见蓊郁喜人,而情意顿生。苏先生乃清华大学高足,其树犹带"水木清华"之雅气。无赋不成!

维直立以雄姿,挺高耸而伟岸。干瘤状而奇崛,冠伞盖而葱蒨。虬枝交错而高扬,碧叶参差而鲜艳。历岁月而声隆,禀修龄而名媛。证历史以物化,美江山以装点。居林谱以非凡,名木族以俊彦矣!

噫!前世情缘,今生意愿。别苍凉之丛林,入热烈之书院。于明伦堂前,画鸟鸣翠而清圆;棂星门后,彩蝶分香而杂乱。两棵古树摇曳,倒写长天之气象;一对名木欢笑,激扬墨客之灵感。盖其颈贯六尺,顺两仪而屈曲;高越五丈,映三曜而招展。一柄三叶,亮翡翠之容颜;同丛多株,接梢云之韶曼。质朴苍劲,摇若壮士弯弓;刚毅坚强,静似将军倚剑。幽情壮采兮,亦诗亦画而申申;瑰姿淑态兮,宜雨宜晴而苒苒。若乃金风澹荡,银蟾光满。林泉风轻香幽,平湖波柔语软。把酒临风于树边,低吟浅唱于石畔。酒过三巡,抚轮囷而对语;醉意七分,抱蟠木而自叹。思入宇宙自然,心回苍生饭碗。怀袖琼英,观星斗之渐移;胸揽瑶树,察光风之细转。斯时也!今忧古愁,融于月明星稀;旧梦新诗,化入翠深红浅。不知时光之流逝,流年之暗换矣!

嗟乎!仪静体闲,历世态之炎凉;沉稳宽容,任风云之变幻。古典宁谧,记千载之沧桑;博雅厚重,俟四时之炳焕。呜呼!人生虽短,对古树名木,悠思无限也!

吴茂信先生赏析：

常言用人之道：把合适之人置于合适之位。诵此赋，方晓草木亦然。"仪静体闲，历世态之炎凉；沉稳宽容，任风云之变幻。古典宁谧，记千载之沧桑；博雅厚重，俜四时之炳焕。"秋枫立于擎雷书院，得其所哉！

柳赋

夫形端庄而雅致，态妩媚而风骚。色青翠而纯一，姿婀娜而娇娆。生不择地，而峥嵘于亘古；长不嫌土，而窈窕于今朝。瑰姿云布九州路，淑态风含四海潮。

于乳燕来时，细雨渍出芽千眼；杜鹃啼后，暖风吹放枝万条。布谷叫于绿碧，黄鹂鸣于翠翘。立鹤声中，脉脉娇羞随风舞；飞鸿影里，柔柔情愫任云飘。陪红梅而吟雪赋，伴绿竹而咏风谣。沐春风之融融兮，浴秋雨之潇潇；历三伏而郁郁兮，过数九而夭夭。噫！先春后青，茂苍山之隐隐；花早于叶，点紫陌之迢迢。鸠城池而极丽，散间阁而穷妖。奇容艳色兮，铺神州以锦绣；天真妖丽兮，缀金瓯以琼瑶也！

妙哉！蟠木根柢而舒展，轮囷离奇而樊高。和气缥缈，亮修长之身段；轻盈隐约，扭袅娜之纤腰。壮采侔于淇澳竹，幽情胜于武陵桃。倩俏精神，而渲风雅之笔；风流情态，而染比兴之毫。动静于丹青翰墨，刚柔于水彩素描。吁嘘！与杨共名，彼此易散不易聚；和留同音，离魂不觉黯然消。是以，劳燕分飞，倚丛拂丝望归路；情人伤别，折枝相送风雨桥。晓风残月兮，小桥流水；寸肠万绪兮，天际云霄。

嗟乎！仪静大度，设鸣蝉之阆苑；沉稳宽容，托暮鸦之暖巢。笑迎黄莺八哥，不弃麻雀鹡鸰。碧水东流兮，寒来暑往；白云西去兮，夏尽春消。抟秀美于木族，秉懿德于尘嚣。呜呼！万种风情千种美，一般树木百般娇。

符培鑫先生赏析：

这篇《柳赋》太美了！

开篇写柳的形、态、色、姿，接着以物候"乳燕来时""杜鹃啼后""布谷叫绿""黄鹂鸣翠""立鹤声中""飞鸿影里"为线索，隐现柳的情性。然后再以气候"春风融融""秋雨潇潇""三伏郁郁""数九天天"点明柳一年四季的状态，体现柳的生态自然美。以"设鸣蝉之阆苑，托暮鸦之暖巢""笑迎黄莺八哥，不弃麻雀鹡鸰"的写实笔法烘托柳的胸怀气度的品德美。"峥嵘于亘古，窈窕于今朝""瑰姿云布九州路，淑态风含四海潮"，反衬折射人们对柳的共同审美。作者善于引用化用古人名句"晓风残月""小桥流水""离魂不觉黯然消""情人伤别（灞陵伤别）"，以增强文章厚古之美。文辞华丽，字字珠玑；诗意秀隽，句句琼瑶。写柳不乏古人，且留下诸多脍炙人口的名言佳句，但我还是喜欢这篇《柳赋》。

荔枝赋

　　世间珍果，天然滋味；岭南贡品，红颗荔枝。其喜于高温向阳之气候，惧于低湿阴雨之天时。故生于茂植之深山，长于崭岩之嵚崎。或植于高庭大院，或移于屋东楼西。春风融融，视花开之相续；夏日炎炎，见果熟之施靡矣！

　　雷阳大地，一水逶迤。高低错落，平原绕以山海；纵横奇崛，丘陵间以河溪。天地旷旷，红荔熙熙。似冠似盖，丛生形若伞立；如屏如障，群集势似云堆。枝叶扶疏，绿漾琉璃生容貌；荣华纷缛，果绘锦绣出天姿。叶中新火映以繁饰，树上丹砂弥以芳菲。落日流霞，荔红与长天一色；晨光熹微，岚翠共白云齐飞。更阑人静，山有兽交颈；风清月皓，树见鸟双栖。微风疏雨，静聆雏燕学飞之语；娇阳烈炎，闲听黄莺藏叶之啼。噫！荔枝山头，景色离奇！

五月夏暑，七夕佳期。皓腕摘芙蓉并蒂之串，纤指剥连理交柯之皮。其圆若珍珠，形似琬圭。画眉连娟而难寻娥绿，口抹绛红而不见胭脂。乱结罗纹逗人爱，别含琼露暖心扉。味道蜜甜白糖罂[①]，果柄歪钟糯米糍[②]。妃子笑形如倒卵[③]，状元红肉色蜡晖[④]。挂绿黑叶[⑤]，以颜色而封姓；桂味淮枝[⑥]，因香型而氏垂。日啖三百兮，吟东坡之佳句；一骑红尘兮，诵杜牧之名诗。万里桥边张籍曲[⑦]，荔枝时节曹松词[⑧]。一株连理，句出神宗枫宸[⑨]；人间七月，词入郑潜书帷矣[⑩]！

嗟乎！天生丽质，地秉兰芝。取欢娱于太和殿，添快乐于华清池。南海尉远，高祖留恋而长望[⑪]；扶荔宫阔，汉

---

① ② ③ ④ ⑤ ⑥　均为荔枝品种。
⑦　万里桥边：见张籍《成都曲》。
⑧　荔枝时节：见曹松《南海陪郑司空游荔园》。
⑨　一株连理：宋神宗诗："一株连理木，五月荔枝天。"
⑩　人间七月：见元朝郑潜《七夕有送鸳鸯荔枝者》。
⑪　《西京杂记》中说：刘邦称帝时，收到南海尉赵佗自岭南进奉的荔枝，很高兴，还报之以蒲桃。

武爱慕而北移①。年年纳贡唐皇帝，岁岁品尝杨贵妃。然而，昔之平民百姓，家种荔枝而不吃。或换米谷以饱腹，或易番薯以充饥。呜呼！荔枝！一生受宠而虚静，满耳赞歌而舒迟。见富贵而不淫，面贫贱而不欺。生来稔色兮，志行清夷！

高琳女士赏析：

岭南佳果，非荔莫属。那是"天生丽质，地秉兰芝。取欢娱于太和殿，添快乐于华清池"的历史芳菲，也是普通百姓、市井人家的寻常珍馐。《荔枝赋》一文感悟独特，作者从荔枝的产地、生长环境、色声香味，以及由古今荔枝的归属变迁，得出荔枝"一生受宠而虚静，满耳赞歌而舒迟。见富贵而不淫，面贫贱而不欺。生来稔色兮，志行清夷"的高雅而朴素的品质，令人读后称奇。

---

① 汉武帝刘彻在陕西建"扶荔宫"，移植岭南荔枝百株，后因水土不适而终止。

龙眼赋

东北人参，岭南桂圆；名至实归，众口相传。龙眼乃形象之语，桂圆即寓意之言。昔时长安，营建扶荔之宫；今日书院，植有龙眼之园。五月盛夏，又逢岭表荔枝节；七月流火，正是擎雷龙眼天！

顾其皮青褐色如璞玉，形体圆滚似弹丸。肉颜浆白一身碧，核色红黑两兼全。果中神品，硕硕而垂于梗长柄短；园里珍珠，累累而坠于干欹枝弯。兰月孤圆熟，满园香田田矣！

熏风送爽，毕至群贤。男子丈夫，高干登攀捷足；不让须眉，矮枝稳步红莲。兴致方浓，即摘即尝于树下；妙趣横生，品味论道于园前。坐石盘砖，摘虎珠于相续①；咀冰嚼雪，解褐衣于蝉联。益智蠲愁，吸玉露之纯净；提神醒脑，饮琼浆之清甜。留甘醇于皓齿，神怡心旷；传芳香于朱唇，梦绕魂牵。情浓恨日晚，欲去且流连。噫！誉满五羊，本与荔枝同一味；名冠三楚，当年何不进长安耶！

噫嘻嘘！尝龙眼之美味，观其花叶之演变，不亦新鲜乎！春回大地，百花争先。满园龙眼，枝头点点簇白雪，叶下阵阵播香源。蜜蜂争蕊声嗡嗡，蝴蝶分粉翅翩翩。然而，农家谚曰：扬花不怕雨暴之二月廿二，结籽最惧风狂之三月初三。过了禁忌日，险处不须看矣！斯时，细观其叶，不费清闲。见梢青枝绿，同享开花之环节；嫩消亮淡，共渡结籽之难关。继而，肉薄油去兮，茎浮筋露；尾尖肌瘦兮，脸黄柄残。似孕妇憔悴之色，若慈母沧桑之颜。尽显惜子之情千般也！

嗟乎！封皮酿蜜，献忠义于世界；入口桂圆，带吉祥

---

① 虎珠：民间对桂圆有分类，大的叫"龙眼"，中的叫"虎珠"。"虎"和"福"的音近，即"福珠"。

于人间。品入婚姻嫁娶，养婴乔迁；名寓攀丹折桂，及第三元。然而，礼让三分①，不与荔枝比美；被褐怀玉，无争樱桃之妍。抱朴挹爽兮，崇尚自然也！

呜呼！妙入毫颠，当赋百篇！

冯应清先生赏析：

岭南龙眼，"果中神品，园里珍珠""献忠义于世界，带吉祥于人间"，不比无争，"抱朴挹爽"妙笔桂圆，元气淋漓。《龙眼赋》一飨，提神醒脑，梦牵魂绕。

---

① 礼让三分：龙眼比荔枝成熟晚，有的地方称龙眼为"荔奴"。

芒果赋

学名芒果，俗称仙桃。"仙桃，仙桃，咬深是骨（核），吮浅则毛。"此非兰章之雪赋，乃凡俗之风谣也！

昔日乡村，民求三餐腹饱；古时农人，众望四季风调。守拙田园，种番薯于北野；承颜天地，植水稻于东郊。宅居犄角旮旯，屋住土墙草茅。缺种果之闲地，无如今之良苗。果籽由鸟之分布，苗种随风之飞飘。是故，村中芒果贵如麟角凤毛也！

少时而邀同侪总角，纨绮而共朋辈垂髫。爬墙以捉蟋蟀，攀树而拾螵蛸。童趣天真，选果核于树下；巧思如泉，去纤维以小刀。除粗涩于门耳之青石，取光滑以手掌之汗膏。而后，两核横竖，模"丁"字以构造；一柱垂直，固阴阳之泰交。两端出线，各拴飞蜂之腿；中间滑连，独撑上核之腰。放开昆虫，奇景夭娇。突现希夷之想，玄妙之招矣！噫！两蜂飞转，如梦觉之腾雾；一圆旋画，似幻影之凌霄。临玄乘虚兮，入空宇之宛转；羽化登仙兮，致无极之挑挠。璇玑悬斡兮，白虹贯日；乞浆得酒兮，迁兰变鲍。美轮美奂兮，瞬卷狂飙；冲昧蚁附兮，岐嶷嗷嘈也！吁嘻！自封兰藻，呼惊天动地之举；标榜华芝，醉勾魂摄魄之妖焉！

嗟乎！爱屋及乌，神驰芒果之核内；怜果带树，思入仙桃之树梢。见其乔木参天，卅尺余高。干直矗立，冠像球卵互让；皮灰气扬，树叶绿紫相饶。枝叶扶疏，荣华纷缛；淑气幽香，味传迥辽。果似鸭蛋而扁，略如肾脏而稍。柔丝垂吊，生如翡翠之丽；长柯悬浮，熟似玛瑙之瑶。六月风吹，冉冉惹惹；小暑日照，申申夭夭。呜呼！本土仙桃大核而难觅，现时芒果多肉而畅销。纵是物新人老，然敝帚自珍，少年记忆，镂骨铭肌之有槽也！

贺义梅女士赏析：

　　作者通过描写雷州芒果，回忆儿时生活乐趣，以物抒怀，内容醇厚。全文无一"情"字，而无处不含情。句中芒果意象鲜明突出，细节勾勒精练传神，抒发了作者的淡雅闲适心境与热爱故土的思想感情。

木苞萝赋

隋唐谓之"频那挲",赵宋名之"菠萝蜜"。伴法雨来,带梵文之语态;随慈云至,含佛教之气息。有聚花果之美称,传齿留香之荟萃。

其体大如牛肚,厥核小像鸡子。形似凤梨而硕大,苞若榴莲而肉脆。金银拥内而晕目,翡翠镶表而擅美。软刺绵幂,布祥云而轶态横出;颗粒均匀,呈瑞霭而瑰姿谲起。开先果后花之奇,立干生根结之异。见大小累累,无伤手足之雅;圆椭叠叠,皆贻同光之气。同根而生,无怨无艾;抱团而发,和衷共济。棠棣竞秀兮,伯仲埙篪;花萼同辉兮,兄弟既翕矣!

嘻嘻!忌以脚踩,明洁鲜于白珪;禁以鞋踏,贞操厉乎松柏。秉玄妙之琦行，挟贞亮之淑质。当之不愧兮，岭南佳果；情有独钟兮，海北重地。呜呼！闻其芳香，寻思朦胧之慧根；食之甘醇，遥想神秘之佛释也！

符培鑫先生赏析：

寻常之树，经典之赋。短短三百言，佛化苞萝树。"伴法雨来，带梵文之语态；随慈云至，含佛教之气息"，"苞萝"即心成佛矣。人化苞萝树，"明洁鲜于白珪""贞操厉乎松柏"。而累累之果实，"同根而生，无怨无艾，抱团而发，和衷共济""棠棣竞秀兮，伯仲埙箎；花萼同辉兮，兄弟既翕"，成和睦竞秀之兄弟。是辞赋，又是科学之作，"有聚花果之美""开先果后花之奇，立干生根结之异"，洞识苞萝独特之生态。文化之博大、科学之精深，见于一赋。

水稻赋

夫江河曲直，乃泄洪之所至；沟渠浅深，为灌禾而修成。苍茫半岛，开垦田畴之棋格；擎雷一水，流淌甘露之清泠。三雷大地，芸芸众生。以种田而生发，以稻谷而续赓。

春雨如酥，雾重烟浓风冷；办田如意，土松泥粉水萦。季节逼人而戴月，种籽归田而披星。宵衣旰食兮，禾苗追手而抢惊蛰；精疲力竭兮，夫妇和衣而睡晚晴。心痛耕牛终生之累，眼喜禾苗一夜之青矣！至若秋高十月，金风万里，地干田涸以供收割；稻浪千重，色灿穗沉而报丰登。心情舒畅，清谷场于夜晚；脚步轻快，开刀镰于日升。稻塔高耸，而幸风调雨顺；谷围溢满，而庆盛世升平。斯时也！精打细算，油灯光亮；夫唱妇随，灶火通明也！若夫寒露刮风，霜降夜雨；即粉散花落，干折胚倾。是故，心藏干旱洪涝之惧，神担有种无收之惊。托丰收于天命，寄希望于神灵矣！

噫嘘！纵观今古，回望历程。田地则贵贱之分界，稻谷即贫富之秤称。收多收少，肥为禾苗之界限；有收无收，水乃稻谷之准绳。于是，高田低地，屡发旱涝之对峙；上游下洼，常起排灌之纷争。舅甥反目，演排洪之殴斗；同襟成仇，流保水之血腥。刀枪剑戟，长备不懈；棍棒戈矛，挥耍无停。悲哀！相见而不相识兮，互盖煎煮之炊烟；老死不相往来兮，相闻鸡犬之鸣声。幸甚！喜见时代之进步，社会之转型也！

周明理先生赏析：

水稻水稻，无水无稻。水是生命之源，稻为百姓之天啊！农人千万年之命系，乡里安身立命之业啊！

古有神农尝百草，今有隆平高产稻！农民幸盛，华族幸盛，此赋文证也！

番薯赋

落地生根，藤长叶茂花艳；藏室发芽，茎红杈紫叶丹。耐干旱而怕浸水，喜温湿而惧严寒。分布于大江两岸，广种于岭峤西南。丰衣足食，与五谷而等量；饥寒交迫，共主粮而同观。烙印世态之凉炎，情系人间之苦甘也！

顾其花如牵牛漏斗状，叶似心肾三角般。如球如蛋如锤，薯形诸态；灰白微黄红紫，皮色多颜。或因水土之印染，或为种族之遗传。生啃如葛之脆，熟食似蜜之甜。噫嘻！沧桑史迹，亘古风烟。谷为百姓之地，薯乃苍生之天。是故秋收之后，犁地碎土做畦；立冬之前，开沟种薯浇田。求宜灌宜排之田亩，选疏松深厚之地缘。施以人畜之粪便，巡以足迹之频繁。殷勤除草，确保肥力之充足；精心培土，巩固薯畦之高圆。月明空照兮，夫妇摆藤拔杂草；露珠凝碧兮，兄弟凿洞灌肥源。暮云飘散兮，手携锄头追月上；淡霭空蒙兮，肩挑尿水绕星旋。

人勤春早，意笃天全。插秧不过立秋后，掘薯须在谷雨前。犁轻牛快，厚薄适度清两侧；锄利耙尖，深浅合宜挖中间。夫妻妯娌，拔丛割藤而眉笑；父子公孙，拾薯装担而心欢。饥啃生薯，渴饮山泉。不顾黄莺之百啭，懒听紫燕之呢喃！于是！肩挑背扛于稀星明月，精打细算于人静更阑。或整薯煲熟，以图一饱；或加米煮粥，以顾三餐。煮前洗浆，沉淀成团。可下盐而水煮，可加蛋以油煎。可晒干而做饼，可稀释以浆衫。晨月如钩兮，鉏生丝于庭院；骄阳似火兮，晒薯干于岭巅。收缸入坛，以分配于四季；上锅下罐，以均衡于一年矣！

嗟乎！俯仰今古，纵观田园。今日吃薯，当品尝风味之美食；昔日吃薯，乃充饥维命之药丸。无薯，即无炊烟之袅袅；无薯，当见乞丐之涟涟。呜呼！番薯易种而品不贱，时过而性无迁。农耕文明之记忆，农村生活之恒篇也！

蒋玉女士赏析：

读作者的赋，让我想起了陶渊明的《归去来兮辞》"暮云飘散兮，手携锄头追月上；淡霭空蒙兮，肩挑尿水绕星旋。"是不是跟五柳先生"怀良辰以孤往，或植杖而耘耔"有相似的情怀？

甘蔗赋

秆像青竹,节节长有胚芽;叶形似剑,两边分布毛齿。破土拱芽,状若雨后春笋;抽枝长叶,态如青春玉米。头尾平衡,色分青紫而和颜;上下均匀,皮滑肉白而多汁。解馋解渴,坡老①啖之青青;如荔如橘,李颀②歌之永日也!

天南重地,揽膏田之万丘;海北名邦,拥沃野之千里。气候晴和于三秋,阳光充足于四季。坡平丘缓,蔗林夺地而有边;土肥水美,青帐冲天而无际。千层紫棒列障屏,万顷绿波转迢递。欲穷蔗海,黄雀无力而有心;跨越苍

---

① 坡老:苏东坡,写有七绝《甘蔗》"生啖青青竹一排"。
② 李颀:唐代诗人,写有《送刘四赴夏县》"杂以荔枝龙州橘……白云孤峰晖永日"。

茫，雄鹰有意而无计。若夫兰月熏风，骤雨初霁。斜阳复照，遍地抽嫩扬菁；清风扑脸，满目波绿浪翠。野田田而锦绣，云淡淡而空碧。红土盖以青绿，清圆百畦；霞光间以彩虹，妍态千羽。登临遥指，旋呼佳丽。此时感受，凭谁与寄矣！

近观其姿，细察其势。紫秆粗壮，而难寻前踪；绿叶青葱而不见旧迹。正吸露以化甜，早封皮以酿蜜。绿紫妆匀，皆显生长之真；心神怡悦，尽收未熟之美矣！顾其伯仲同根，而共享肥水纵横；兄弟丛生，而各自腰杆挺直。故吸露争阳，而顺其自然；遮风挡雨，而不分彼此。无兄弟阋墙之虞，有亲如手足之贵也！

至若腊云朦胧，严寒天气。其叶子枯黄而绵延，蔗秆裸露而迤逦。皮光节长兮，见之嘴馋；肉满味香兮，涎之三尺。顺手即掰，恰如饿狼出山；张嘴便嚼，疑是饕餮在世。吃饱而听，打嗝而视。轱轱辘辘，牛车轮高路陡；噼噼啪啪，蔗农刀锐镰利。雾浓天低而寒风声紧，坡阔蔗密而人心齐契。近观甘蔗园之宏开，远望土糖寮之偷立。别有一番滋味矣！斯时也，物质匮乏，计划经济。个体种蔗，队长管理。然而，做糕过年，乃农家之惯例。于是砍蔗榨糖一愿望，残腊新春两相逼。是故，偷砍偷运于星暗，偷榨偷煮于偏僻也！灶火熊熊兮，小孩嘴上笑哈哈；糖浆滚滚兮，大人心里甜兮兮。人老物新，难忘少年记忆也！

呜呼！电闪雷鸣，而难移清白之心；风狂雨暴，而不坠洁身之志。胸首高昂，宁折而不弯；风云笑对，倒地而不跪。荫子盖孙兮，留大地以宿根；粉身碎骨兮，奉人间以甜蜜！

周明理先生赏析：

把种甘蔗到制作蔗糖以至用土糖寮制作红糖的全过程都描绘得惟妙惟肖。而且语言生动贴切，通俗易懂，毫无艰深古奥之嫌。这只有生长出身于农村蔗区且文笔高妙者才写得出来。可见下里巴人与阳春白雪没有天壤之别！作者殚精竭虑，苦心创作出蔗农都能心领神会的意境，而又一韵到底，这是何等呕心沥血啊！

有人把蔗糖产业称之为甜蜜的事业。创作和欣赏这篇赋文，又何尝没有甜蜜之感呢？！

丹顶鹤赋

声鸣九皋,挥斥八级。天国仙禽,化身道士。天生轶态,排云而上九霄;自然瑰姿,展翅而飞千里。喙颈皆长而粗膝细指;脚修色青而眼睛红赤。非染自白,更显形态之美丽也!

巢居深谷烟渚,而不枝栖树息。捕鱼虾昆虫蛙蚧,吃根茎嫩芽种子。饥不啄腐鼠之肉,渴不饮盗泉之水。净洁口舌肠胃,澡雪心性潜意。双羽内敛,扭颈回首而眠;单脚独立,隐嘴枕背而睡。远离烟尘,似高僧之襟怀淡泊;泰然自若,如羽士之心态闲适。含自信之底蕴,显性情之超逸。雌雄相随,秉情笃而不淫;教子有方,循轮序而奕世。形逊凤凰,而百鸟何堪;德比麒麟,可分庭抗礼矣!

雷阳地灵而人杰，见君于冬春两季。长颈竦身，天然潇洒俊秀；身白顶赤，不须涂朱画翠。声鸣树荫，暗合君子之明德；栖身芳郊，结缘贤士之衡泌。形貌瑰琦，有鸿儒处士之风；舞姿华圆，具佳丽淑女之美。衔明珠以报德①，得天之助；投怀抱以谢恩②，获地之励。旷达空明，行顺乎天地人；虚极静笃，品融于儒道释。纯粹不杂兮，贞姿耿介；静一不变兮，品高德懿。寓意圣洁纯真吉祥，象征尊严荣华高贵。是故，形占丹青刺绣雕刻，名贯典故成语词汇。脚踩莲蕊，立观音之专位；跨鹤腾云，成仙人之骐骥。鹿角立鹤，绘于战国之帛画；莲鹤方壶，铸于春秋之铜器。李唐赵宋，三教融合之象征；明清皇朝，一品官服之徽识。噫！仙风道骨，千娇百媚，长留之民间故事！

呜呼！朝野同尊，今古一致。问飞族，几多如是乎?!

---

① 衔珠报德：晋干宝《搜神记》有载。
② 投怀谢恩：西汉《格致镜原》有载。

吴茂信先生赏析：

　　以形象执言，文学之要义也，谓予不信，且择此赋数语，尽解其中之意也。"饥不啄腐鼠之肉，渴不饮盗泉之水"——清也！"雌雄相随，秉情笃而不淫；教子有方，循轮序而奕世"——洁也！"形貌瑰琦，有鸿儒处士之风；舞姿华圆，具佳丽淑女之美——娇也！"长颈竦身，天然潇洒俊秀；身白顶赤，不须涂朱画翠"——丽也！

雁赋

　　鸿雁于飞,语载《诗经》之典;衡阳归雁,诗出高适之篇。衡阳雁去,范仲淹叹于塞外;雁字回时,李清照愁于眉巅。所谓犬为地厌,盖其敏锐机警;雁为天厌,缘自五常俱全矣!

　　观其吞腥食绿,群居水边。寒露南飞以避冷,春分北回以衍繁。苦心经营,建西伯利亚之宫殿;尽情享受,修南洋群岛之行辕。成群结队而远旅,浩浩荡荡而徙迁。噫!白首难忘往事,记得童稚当年。于西边晚霞锦绣,或东方皓月初圆。鸿雁经天,列恢宏之阵势;雄姿过眼,显殊采之槃桓。于是,空中振翅,地上掀欢。雀跃欢呼,指点"一"字形象;声嘶力竭,喊看"人"字彬斑。雁阵入云不驻足，鸣声消失尚婵媛！

殊不知，其时飞百里，空中线路笔直；队员上千，裙带宗亲血缘。群有名分之别，族承齿序之编。处处尊老爱幼，时时礼让恭谦。冲云破雾，头雁当归青壮；乘流省力，中间照顾弱残。彼此关照，掉队而无恐后；遥相呼应，余勇而不争先。因时告急，变出"人"字而迅疾；减速慢行，换回"一"字而飞旋。兵士自觉，将帅无言焉！噫嘻！诚实守信兮，心照不宣；定期迁徙兮，从不拖延。一夫一妻，而不移情别恋；从一而终，宁可一身孑然。

嗟乎！飞族灵物，禽中冕冠。入丹青以列阵，凝雕刻以蝉联。寓音乐以频振，蕴书法以缤翻。仁心义情兮，启诗人之灵感；锐智诚信兮，涌骚客之心泉。呜呼！博厚配地，仁义配天！

周明理先生赏析：

古时鸿雁传书，遣情送爱，被视为灵性信情禽鸟，历来被文人墨客所赞美。

这篇赋文,一开始就抓住这个特点,罗列了从《诗经》到唐宋以至现代的一些经典诗词对雁的经典描述。正所谓未睹其形而先闻其声的先声夺人也!接着,又突显了雁的列队排阵,远走高飞,寒来暑往,志在天涯的团队精神和远大志向,使人类也趋之习之。何其提神振志也!

鸥赋

夫鹤会贞亮朋辈，鸥盟耿介俦侣。

其羽身斑白，形色略像飞鸽；腿嘴细长，体态颇似白鹭。叫声优美而嘹亮，目光犀利而专注。矫健精泳，低翔点水紫燕；坚强善飞，高击凌云鸿鹄。骨骼无髓，而预计气候阴晴；羽管空心，而感知天象风雨。云天做伴，而不伍于世流；江海为筵，而不污于时俗。狎鸥忠诚而盟朋盟友，忘机弃诈而直来直去。

老子曰：道之为物，惟恍惟惚。叹有影之大地山河，无声之九天风露。阴阳晦暝，晴雨寒暑。故掩缥缃以思人生，临沧海而作鸥赋。似惆怅而又喜悦，像明白却是恍惚。

冯应清先生赏析：

作者别出心裁，以鸟喻人，漫话人生。

首先介绍鸥的个性，"鸥盟耿介俦侣"。说明人只有真诚，才能换来友谊。其次写鸥的生活习性："歌声优美而嘹亮""目光犀利而专注""矫健精泳""坚强善飞"。寓意人要意志坚强，眼光敏锐，潇洒自如。再次写"狎鸥忠诚""忘机弃诈"，暗喻纯朴无杂念的人，无所猜忌，真诚相处，才能彼此相亲。最后提出要思考人生。"似惆怅而又喜悦，像明白却是恍惚"，作者在亦庄亦谐的文辞中饱含玄机，深寓哲理。

鹭赋

白衣玄嘴,青脚绀趾;群飞成序,水食林栖。翱翔于江河湖泊,颉颃于水浒岩隈。迁徙于春风冬日,定居于秋月夏时。天南重地,生态和兆;雷州半岛,随宜鹭鸶也!

其背翅圆厚,毛色洁白而秀美;颈腿修长,体态轻盈而纤靡。头缩颈曲,蹬足带风而起;脚伸尾藏,振翅追云而驰。从容不迫,翩翩君子风度;气势非凡,历历飒爽英姿。是故,捕获不施强暴,觅食不失容仪。东方欲晓,晨光熹微。脚步轻轻,或涉流而觅捕,或立水以伺机。或明里而追击,或暗中而尾随。食鱼虾以健体,餐螺蟹以壮肌。落日流霞,点缀于沙汀烟渚;月明星稀,布白于芜坪岸溪。丽日熏风,绿暗红稀。野花艳艳兮,芳草萋萋;樱桃灼灼兮，杨柳依依。听树上黄莺并语，看宅外白鹭群飞。岂不心旷神怡哉！

嗟乎！旅而不羁，轶态横出而飘逸；行而非役，瑰姿谲起而离跂。形入丹青，描画千姿百态；名上毫端，比兴尽致淋漓。图挂椒房枫宸，纹案朱服衮衣。与莲同构，一路连科而微言渊奥；牡丹为伴，一路富贵而至寓希夷。奈何！筑巢无心而他他藉藉，飞行有序而整整齐齐耶！

呜呼！水禽君子，飞族白骐。孰不奇之、嘉之、爱之也哉！

冯应清先生赏析：

作者以清新的笔调，生动形象地铺叙鹭的生活习性：立水伺机，布白坪溪，宅外群飞……轻盈的语句，把鹭鸟亲近人类描绘得生趣洋溢，展示了人鸟相处，自然和谐。

鹭鸟的觅食本领，不同凡鸟。"脚步轻轻"，明暗追随，"不施强暴"。从中暗示鹭鸟敏锐机警，明白真率。

更令人瞩目的是鹭鸟风度翩翩，气势非凡，轶态飘逸。说明鹭鸟具有超凡脱俗的气度和谦谦君子之风。从而表达了作者达观不羁的情怀和纯洁高贵的品质。

燕赋

细足短喙而清秀，剪尾尖翼而飘逸。工笔易画，素描随意。晴空翱翔，显乌黑发亮之羽；疏雨颉颃，展俊劲轻快之翅。声音玲珑而婉转，口舌清柔而伶俐。体态轻盈而窈窕，形象仁和而美丽。等闲度岁，惹人相思声声里！

金风朗月，去时无暇认辨；春日熙和，归来似曾相识。相亲相爱之两性，相伴相随之伉俪。申申如也，唾液衔泥以繁衍；夭夭如也，建巢筑窝以奕世。绚练羽翮，捕飞蚊于半空；英爽风姿，扑禾虫于田地。栖身朱门，虽富贵而不淫；置窝陋屋，知贫贱而不弃。顺应季节之转换，遵循寒暑之交替。迁徙于万水千山，抱负于生息大计。与人为邻，借明月不辞而别；客主和谐，趁曙光不喧而至。不卑不亢而敬德秉德，善始善终以重义取义矣！

呜呼！行合入世之鸿儒兮，德配登仙之羽士。神入翰林之词赋兮，形凝丹青之彩笔。堪称世间之玄鸟，无愧羽族之君子也！

刘刚先生赏析：

《燕赋》，唐王绩亦有名篇，彼叹韶光，此以表德，各有所胜。此赋先摹形状，后娱声色，而又特写燕子繁衍生息、出入行藏之情态，最后取其"不卑不亢"之德和"秉德重义""善始善终"之义，命为"羽族之君子"，借以高倡立身之本、修德之要。

以非常之笔写寻常之物，脱出神形之外而警劝寓其中，所谓"德人德己"者也。典故信手拈来，羚羊挂角，学博辞丽，巧思精工，惟因作者秉德重义之情操，方能成此佳作，真可谓"词赋翰林"。

此赋美哉！

鸳鸯赋

棒打鸳鸯,目睹于高台教化;乱点鸳鸯,耳熟于传说流行。常闻"鸳鸯贵子"之说,亦有"鸳鸯戏荷"之听。然而,孩时知其名字,而不识其真形也!

小满时节,朝雨午晴。翠深红浅,远峰凝碧;露重烟微,近岸簪青。枝叶扶疏,丹染红头之荔子;百啭清圆,声传藏叶之流莺。沼池波暖,长接天荷叶之绿碧;韶光明媚,照出水芙蓉之娉婷。于岸边荷隙,静水闲萦。见呷风戏水,对对双双之尤物;穿叶绕花,双双对对之灵精。其起舞翩翩,鸣声嘤嘤。时而接吻,相濡以沫;时而交颈,我我卿卿。形似田鸭,然叫声迥异;疑是水凫,却人来不惊。观其羽冠翠绿,而间以眉纹雪白;背腰灰褐,而配以脚色黄橙。颈颊棕栗而鲜艳,眼睛淡黄而晶莹。悠闲自得兮,白日成双戏绿水;周遭惟我兮,夜晚相偶栖蘋汀。

殊不知!鸳鸯乃阴阳之象征耶!呜呼!纨绮不敏,而惭眼界之狭窄;青衿迟钝,而愧冥顽之不灵也!惭愧者,若水先生也!

刘刚先生赏析:

赋命旧题,意出新裁。语言精工,铺排华美;真挚感人,呼应别致。此赋从闻名到知形,再到见志,将作者对鸳鸯的认识过程铺写得鲜明可亲,亦阐释了将间接经验与直接经验融会贯通是获得新知的法门,情切理达,令人叹服。

其选时合宜,布景周到,尤善以他物衬景,如沼池绿荷、明光静水,赏玩之不已。其具写鸳鸯,鸳鸯交颈戏水已得其神,状写形貌更兼细致,而又再衬之以田鸭、水兔之异,足见其俦侣自适之情,直让人叹息:"何缘交颈为鸳鸯,胡颉颃兮共翱翔!"

此赋诚哉!

麻雀赋

脸颊色白而带麻斑,上体颜棕而杂黑点。身材瘦小,本是鹡鸰一族;相貌不扬,不与凤凰为伴。普普通通,色无孔雀锦鸡之斑斓;平平常常,歌缺画眉八哥之婉转。铁爪雄鹰,对照悲绪聚起;丹顶白鹤,相比愁肠寸断。然而,"燕雀安知",鄙夷眼光看之难受;"万雀不及",嘲讽语气听之疲软焉!

噫嘻!喙坚嘴短,主食小虫种子;翅圆膀小,不敢高飞去远。中意群居,而活动于疏林草丛;亲近人烟,而寄居于新檐旧馆。生动活泼而边跳边说,好奇心强而暗窥偷看。顾全大局,夜晚睡眠群聚;灵活机动,白日觅食分散。无拘无束成自然,自由自在已习惯。是故,不分场合,平时话多令人厌；缺少修养，喜欢争吵性难变。然而，笨嘴笨舌而声声真情，粗嗓粗喉而句句实况。不是哗众取宠，孰敢犯上作乱哉！

嗟乎！不食谷而无力杀虫，不食虫而无以繁衍。食谷食虫两平分，是功是过各一半。何至于赶尽杀绝，扼雏毁卵乎？冤案向谁伸，此恨何处叹？所赖自然有幸，天地明判。呜呼！胸无大志而有尊严，眼观实惠而非短浅。流年顺，丰收盼！

周明理先生赏析：

虽无远走高飞之志趣，却有亲近人间烟火之习性。食虫之益大于食谷之害？"四害"之帽可摘乎？此篇比较短小精悍。

鹅赋

不入五禽之列①，非属六畜之系②。雪颈霜毛网掌，高腿长项阔喙。脚大尾短，隆胸肌之丰满；头粗颔垂，耸额球之高起。脸皮皱褶而松软，绒毛服帖而厚密。健壮双脚，坚硬两翅。嗅灵而反应迅猛，声大而音质清晰。分明是鸿雁之后裔也！

夫牛目圆突而扩物象，鹅眼精深而小天地。百端入目皆缩身，千般映睛亦变体也！是以笑傲江湖，与牛争草于野；闲视河海，共豕抢食于器。不慑鹰鸢之凶狠，无畏蛇蝎之毒厉。称斤两而已不知，论胆略而我数一。基因勇敢，

---

① 五禽：虎、鹿、熊、猿、鸟（一般指鹤）。
② 六畜：马、牛、羊、猪、狗、鸡。

鼓羽昂首咬来犯；遗传坚强，挺胸企踵抗顽敌。一往无前，所向披靡矣！

噫！身为鸟体，锯齿满嘴而叹之奇；质乃飞族，终生素食而嘉其异。脱壳啃草，惊雏子之本能；丧偶不另，羡族群之潜质。泳则悠闲自在，行即慢条斯理。饥之于食，不待甘旨。眠沙卧水兮，毫无伤雅；经寒历暑兮，不逊形丽。池塘隐隐，交颈戏水漾百尺；江水悠悠，曲项长歌声千里。暖日迟迟，白毛绿水春有脚；金风袅袅，红掌清波秋无际。平添景象之色彩、观赏之趣味！

嗟乎！贫贱不移，烙印鸿之前踪；威武不屈，镌刻雁之旧迹。情顺自然，心随流水。体态行姿，品受王右军之痴爱；形象群序，神入骆宾王之妙笔。呜呼！千里鹅毛，情理迢递也！

贺义梅女士赏析：

此赋对鹅以不平常的描写与歌咏，表现了作者不同寻常的体会与感受，把丰富的感情蕴涵在对鹅细致入微的描写之中，塑造了鹅全新的形象。全文通俗易懂、真切传神、趣味横生。虽是写鹅，却亦具有另一番人生哲理，给人以无穷的回味。

蜻蜓赋

点水产卵以传宗接代，蜕皮变态而羽化飞游。睛如碧玉而神秘，翅似云母而轻柔。偷咀仙霞，留脸颊之红润；戏涂猩血，装腰肢之纤修。身怀绝技兮，急飞之中疾进退；体能特异兮，风驰之空静停留。

顾其瘦于蜜蜂，而伴烟恣肆薮泽；轻于粉蝶，而随风嬉戏江流。四翼齐鼓，飞翔晴空任来往；六足并用，倒立钓丝看沉浮。蛋[①]尾偏长，常在菡萏尖上舞；蝉翼还薄，偏从湖海浪中绸。不争蜂蕊，远萦菱丝烟际之乐；毋分蝶粉，低绕茨菁露中之优。翩翩翾翾，穿花从容不迫；亭亭款款，

---

① 蛋：蝎子一类毒虫。蜻蜓卵在水中变成稚虫，又称水蛋。

过蒲轻松自由。点水有痕兮,适性有情有义;饮露无声兮,怡然无忧无愁矣!

嗟乎!造化借助羽翼,神奇书写春秋。鹤心耿耿兮,蝶梦[①]悠悠。愿借蜻君之翅,上叩天关之幽。济天下苍生之所困,解神州百姓之所忧也!

高琳女士赏析:

"点水有痕兮,适性有情有义;饮露无声兮,怡然无忧无愁"。这篇《蜻蜓赋》从蜻蜓的产生,到其形态、动作、神韵、特性等都描写得非常细腻。作者铺陈叙事开阔婉转,文学功底深厚,想象力极为丰富,是一位很有情怀的作家。赋文文辞优美、大气,韵律和节奏俱佳。作者感悟重独特、重真诚,对蜻蜓的描述以"鹤心耿耿兮,蝶梦悠悠"的想象升华到"济天下苍生之所困,解神州百姓之所忧也"的悲悯,表达了作者"心有猛虎,细嗅蔷薇"的壮怀柔情。

---

① 蝶梦:"庄周梦蝶"寓言。庄子一直想不通是庄周梦见自己变为蝴蝶,还是蝴蝶梦见它变成了庄周。

蝴蝶赋

会飞花朵，虫国佳丽。无忧无虑，尚自由而品高；有情有义，秉忠贞而淑懿。身段窈窕而婀娜，色彩斑斓而绚丽。点水蜻蜓淡泊，穿花蝴蝶雅致矣！

惊其三春气象熟知，四时花信洞悉。粉蕊初开，蜜蜂匆匆而飞来；纤苞才放，蝴蝶款款而探至。五色焕然于花间，彩翾炫耀于丛里。日丽风和，飘飘乎轶态横生；姹紫嫣红，翩翩乎瑰姿谲起。身轻若丝，栖则贞亮卓群；翅薄于缯，飞则空灵飘逸。颉颃徘徊兮，粉粉身躯；纵横扶疏兮，轻轻双翅。心慕手追兮，美妙异奇；目眩神迷兮，缤纷络绎。

嗟乎！快乐终生，潇洒一世。享有青黄透迤，何愁饔飧不继？擅纳菁华而娉婷，抟收芬芳而绵幂。清净纯洁而祯祥，与世无争以引佚。殊不知，庄子夜梦，物我同一哉！

刘刚先生赏析：

  此赋以蝶喻人，体物写志。辞藻绮丽，寓意隽永。辞曰"庄子夜梦，物我同一"之覃思何其精邃；"清净纯洁""与世无争"之情怀何其超卓！

  读罢此赋，掩卷沉吟。蝴蝶之倩影宛在目前：蝶偕春至，人与梦融。如烟即散，如影相从。花间蹁跹，风中宛转。忽而在手，翕然无踪。浮生短暂，韶华瞬逝，蝶之舞也，惟数旬耳；人之生也，有几春哉？浮生命途，不正如"游丝"、如"薄缯"吗？裙袂始裁，沧桑尽阅。人人蛱蝶，蛱蝶人人。栩栩然，梁祝之蝶焉悲焉喜；蘧蘧然，庄周之蝶是梦是真耶？

蜜蜂赋

近日，一群蜜蜂入导和园采花酿蜜，筑窝圆如罂。村人为其组箱设隔聊以建屋。余静观细察，见其勤劳勇敢，聪明伶俐，分工合作，整整有条。由是感奋，故作小赋以赞。

夫万物有灵，蜜蜂灵精。其直觉天文之玄奥，感应地理之妙冥。选处所于洞穴，筑高台于巢营。恰如建国，群居有王以聚族；又似封邦，子复坐大而分罂。卫主是命，拥王而行。

观其异常勤勉，绝顶聪明。严格分工于内外，履行天职于重轻。或采花于近郊，或探路于远程。或酿蜜于殿宇，或守卫于门庭。一日两衙，守君臣之义节；昼夜劳作，循尊卑之墨绳。李花白兮桃叶青，月西落兮日东升。不怕冬来浮霜雪，但愁春去落花英。播春雷有意兮，传粉君多情。

嗟乎！辛辛苦苦，留甜蜜于后世；忙忙碌碌，过短暂之一生。腾芳声于典籍，耀倩影于丹青。俪忠义而擅美，持贞操以扬名矣！

周明理先生赏析：

辛辛苦苦，留甜蜜于后世；忙忙碌碌，筑居室为巢营。

六合之内，勤劳守序未有出蜜蜂之右者。我族在勤劳守序的基础上，务必致力于创新！

蝉赋

自然歌手,鼓饮而不食之空腹;昆虫乐家,闭有嘴无舌之刺唇。曲诉长居根底之凄苦,歌传钻出地面之艰辛。或报阴晴寒暑,或递阳雨风云。同词而又同曲,共振而不同频。扬扬凫凫,夭夭申申。

其头宽而短,额唇高突;口器细长,食管单纯。持刺携钩,足有六只而对称;带甲披坚,胸分三部而不匀。单复五眼排列,腹腔十节延伸。腿节粗壮,挖洞破土之成果;翅膀透明,蜕化成形之出新。脚爪微红,疑是玛瑙镶趾;肤色嫩绿,看似翡翠披身。不见天日兮,幼岁以土为依靠;仰望星月兮,长成唯树是命根。以苦为乐,脱壳于夕阳后;化险为夷,重生于月黄昏。唱歌鸣曲而暖世界,吸液饮露而养精神。终生艰苦，一世殷勤焉！

君不见，地埋多年而无丧志，脱壳五次而不沉沦乎！只饮不食以消腻清腹，换皮羽化以去秽存真。出污不染，崇尚洁身自好；起死回生，远离世俗凡尘。无论后汉，不问先秦。浮游于森林树木，快乐于日月星辰。歌声唱彻于冬寒秋爽，鸣声不停于夏暑春温。去微至贵兮，心无杂念；高风亮节兮，胸有昆仑。是故，生命虽短而象征长寿，为身渺小而意味高尊。玉蝉身影，入于朱门华屋；蝉纹冕冠，登于帝皇枫宸。名动骚客之魄，声惊文人之魂矣！

呜呼！悠悠岁月，浩浩乾坤。快乐和悲伤同在，苦难与幸福共存。

周明理先生赏析：

赋文短小精粹，裁剪繁枝冗叶。这不仅适应当代社会生活节奏日益加快的特点，而且为读者好读易诵提供了方便。读者增多，不亦乐乎！

西粤蝉声唱，花城感受同。在中国文化语境里，蝉是高风亮节、声风远播且善于"蝉变赓续"的象征，是原则性与灵活性统一的范式。此一赋文最后两句:"快乐和悲伤同在,苦难与幸福共存。"这个结语,不仅把蝉鸣秋色的高亢渺远与肃杀悲秋的两面都表现出来,而且把赋文在内容表述上吸收散文"形散神收"的优势也体现出来了。诗散结合,不亦巧乎!

青蛙赋

伏坐终生,不见帝皇也跪拜;跳跃一世,甘为臣子却疏慵。倚螽斯之蛰蛰,不愁接代;仗瓜瓞之绵绵,无忧传宗。青蛙者,实非等闲平庸也!

水陆两栖,蜷伏稻田禾地;绿白一体,伪装土坑草丛。爪笨转动,而善于稳撑;目钝静态,而敏于动容。仰脸张嘴,非守株待兔之笨拙;黏液翻舌,有结网捕鱼之明聪。坐似盘踞之猛虎,动若出泽之潜龙。闭目养神于白日,餐虫享福于夜空。鸣俦啸侣,月前对歌以求偶;邀群聚众,雨后共鸣而庆功。自由自在兮,只顾观山玩水;快乐逍遥兮,不问去燕来鸿。

吁嘘!不弃冬寒夏暑,珍惜秋月春风。互不侵犯,借田蟹之穴同避暑；相安无事，占毒蛇之洞共眠冬。妥协不是示弱，屈膝而非卑躬。大智大勇，行委曲以求全；小心谨慎，惧张扬而招风。君不见，春来一声，而唤醒百虫乎！

刘刚先生赏析：

  此赋开篇即有"帝皇""臣子"之洞烛妙譬，终章复献"谨慎""智勇"之老成品颂。寓庄于谐，写物极肖；锻雅入俗，持论深宏。其着眼寻常，放怀高广，非宏阔之格、练达之笔不能为也！

  作者将自己对人生、人间、人世的深刻体察，巧妙生动地熔裁入赋，用笔稳健，抒写尽致，声律铿锵，气韵流畅，可谓：深得赋之三昧，"警喻"可成一家！

  此赋妙哉！

沙虫赋

水下"人参",洞里"鹿茸"。圆体粉身,方格星虫。其纵肌交错而成束,横纹有序而艳秾。如蚯蚓而颜微赤,似泥丁而色浅红。嘴张若小花瓣,股圆像细灯笼。

噫!择树而栖,凤凰圣而高雅;选滩而生,沙虫陋而不庸。本质娇嫩,求海水之纯洁;品性温和,索沙滩之疏松。而北部湾畔,海滩踔远;半岛西岸,水势泓汯。招致沙虫情有独钟矣!见其潜形水底,巧同鸥鹭斗智;置身沙土,不与鱼虾争雄。枕流漱石,身怀稀世之绝技;吞沙排碎,腹有超凡之神功。无爪牙之利,却有啃硬之本领;缺耳眼之明,而具感觉之灵聪。是故,深居简出,可知风云变幻;隐身潜体,能晓波浪鸿溶。潇洒于一年四季,烂漫于九夏三冬。

奇哉！若夫秋夏季节，辰午时空。潮平波静岸阔，天朗风清日融。则见其出洞，现片海之蛟龙！母虫排卵于混漫，公群射精于蒙鸿。于是，彼此对接而星点不差；阴阳结合而天衣无缝。天赐灵性兮，海上生儿育女；地禀温床兮，水里接代传宗。至若同类过盛，以至空间拥挤；抑或硅藻紧缺，因而争食蒙戎。斯时也！舍身求仁之母，献命取义之公。双双离穴出洞，对对泣泪动容。望子孙温饱而活，行自身绝食而终。噫嘻！此乃与生俱来，识盈虚之有数；或是本能所至，延种类于无穷耶！

呜呼！能屈能伸于浅滩，知进知退于沙宫。洁身自好，品若芙蓉。

高琳女士赏析：

第一次知道沙虫有水下"人参"、洞里"鹿茸"的美誉。对于一个异乡人，或者不了解沙虫的吃货来说无疑是脑补的一课。"择树而栖，凤凰圣而高雅；选滩而生，沙虫陋而不庸"，也许正是对生长环境的特殊要求,才造就了沙虫"本质娇嫩,品性温和"的特点。作者对沙虫的观察细致入微,灵动有致,非足够的用心、用情和思考难以做此具体的描述。

  赋文对仗工整,韵律节奏,读来朗朗上口。尤其令人感叹的是,作者以沙虫"能屈能伸,知进知退""洁身自好,品若芙蓉"的品质,以及"潇洒于一年四季,烂漫于九夏三冬"的道家思想,隐喻做人的道理,读后让人深受启发。

耕牛赋

先祖图腾崇拜,创世神话相传。拖犁拉铧,终火耨刀耕历史;开蓁拓莽,扩人类生存空间。犁田耕地,承载沧桑岁月;祭祀牺牲,阅历亘古风烟。

顾其蹄大腿粗,天生体魄强壮;毛疏皮厚,神授质地雄坚。象身马尾而耳短额长,虎背熊肩而角弯眼圆。关节灵活,行泥浆如实地;筋骨硬朗,越山岭似平原。惟温顺而乖巧,禀厚道以天然。贫民生计之依托,穷人致富之阶缘。灵性动物,农妇疼而有语;六畜之首,耕夫爱而不宣。然则,何故辛辛苦苦,而时招绳策;兢兢业业,而常挨棍鞭耶?

殊不知,上帝神灵,赐人类两眼聚焦;造物不公,令畜类目分两边。为人抬头以望远，为畜俯首而视偏。牛虽珠圆眼大，然不能望青天焉！是故，无缰绳无以顺指，非鞭抽无以承颜。耕者鞭牛，有刺激皮肤之意，无伤害骨肉之嫌。乃指方向快慢，促其左右回旋，岂是愤懑烦冤耶！

呜呼！牛耕时代行将就寝，科技社会方兴恢宣。然而，耕牛无私奉献，任劳任怨；辛勤劳作，鳏寡惠鲜。其精神文化，与天地永存，同山河共妍矣！

吴茂信先生赏析：

写耕牛，邓君独辟蹊径。前人写耕牛偏多溢美，言其无私奉献，赞其任劳任怨，"但愿众生皆得饱，不辞羸病卧残阳"是也。作者对于人与耕牛二者关系，则辩证而思。充分肯定耕牛功劳，给予客观赞赏。然而人始终是人，畜毕竟是畜。耕牛之所以勤劳憨厚，乃受人所驯服，故鞭策不可弃。观察生活，特有慧眼；升华主题，别具匠心也。

仙人掌赋

夫童时嘴馋,少年贪玩。见橘绿橙黄于坡园,荔红柚青于庭院。而涎垂三尺,食欲千转。于是,密约同伙,三五成群;联手行动,上下结伴。选择晌午,趁园中看守不在;借助骄阳,乘路上行人冷淡。或援葛而入园,或攀藤而上苑。手摘嘴吃,如蟠桃园入孙大圣;腰缠袋兜,似花果山之众猴孪焉!

噫!吆喝声起,刺棍高展。斯时也,一片惊悸,一片慌乱。抱头鼠窜,难越野杜簕之高密;走投无路,逼跳仙人掌之仰偃。一路奔跑,远离果园而魂不定;一路气喘,脱离险境而腿在颤。摸身上之袋囊羞涩,见两腿之皮肉如剪。自兹,仙人掌一副狰狞面目,提之而情厌矣!

及长，服役于边防要塞，守卫于小岛海岸。见如云如雾，灌木丛郁于山峦；若屏若障，仙人掌凌于峰涧。冤家路狭，站岗放哨时遇；阴差阳错，巡逻值勤常见。任其八面玲珑，难平新愁旧恨。故见之而避远也！

某年某月。飓风大作，山上树木倒伏；暴雨连绵，园田瓜菜全烂。有钱买货，而无船航运；有米下锅，而无菜上宴。仰望愁空，无计把帚扫云雾；远眺闷海，难划急桨投村店。日落乌啼而无奈，月堕参横而长叹。噫嘻！峰回即日，惊喜晚饭。鲜菜满盘，香甜酥软。天然味道，色若冬瓜之白；上乘美食，形似芦荟之片。于是，夸炊事员心灵手巧，对仙人掌眼光骤变矣！

云消雨霁，广阔天空蔚蓝；红繁翠嫩，弹丸小岛葱蒨。木麻黄亭亭以点缀，仙人掌依依而聚散。见其身叶一体，刺利皮滑；掌节同色，根长须蔓。或排列如垣，或重叠如塔；或细长如蛇，或扁平如扇。于春分发情，追粉黛之性动；夏至开花，笑红颜之命短。绽于棱节之末，行行列列；放于指掌之尖，星星点点。多呈黑蓝之美，兼献黄紫之倩。

形似漏斗之幽深，状若喇叭之平浅。枝条纵横，而聚艳于独棱；茎节交错，偏散彩于一线。花蕊参差，却开之共一瞬；蓓蕾老嫩，而灿于同时段。具夏兰之高洁，比秋菊之丽艳也！

嗟乎！盘扎石壁，现生机之蓬勃；挺生海滩，亮风姿之矫健。夜饮白露以生存，昼沐清风以繁衍。淡泊立身，孤寂于骄阳冷月；低调处世，沉默于寒潮热旱。不图荣华富贵，甘守苍凉贫贱。操同梅竹之高洁，品共松柏之偃蹇。呜呼！悔结怨颇深，恨认知太晚矣！

贺义梅女士赏析：

读此文让人忍俊不禁，心生欢喜。画面活跃，字里行间充满情趣，情节有声有色、十分热闹，少年贪吃贪玩偷果景象跃然于纸。

文章对句工整，由人及物，由物及情，前因被仙人掌所伤引起作者深刻的厌恶之情，后因缺乏食物而仙人掌成为美味又让作者欣赏不已。对仙人掌的恨只是暂时的，相对的，经过作者心灵的感应和过滤，仙人掌被染上了鲜明的主观色彩，从卑贱化为高贵，可与梅竹松柏相提并论，体现了作者个性，可见作者系性情中人。

蒲草赋

半岛海岸弯曲,雷州地貌多变。丘陵起伏,而带山地以陪;原野绵延,而生河流以伴。气候湿润而百业兴旺,土地肥美而万物饶衍。蒲草文化,源流久远也!

其袅袅娇姿,于沼泽而丰茂;依依妍态,于湖泊而聚散。宿根草本,上下均匀而身体修长;肉穗花序,雌雄同株而腰肢柔软。色绿如染,形尖如箭。似青竹而有眼有节,若荷梗而不枝不蔓。春风驱寒,灵沼水暖。泽塘表面,隐隐漾波而可视;水底葡茎,悄悄长芽而不见。至若万物萌生,百花斗艳。其青青叶尖,当然不让露头;汪汪春水,展现生机无限。夏日天气,骄阳生焰。根系猖狂,掠时日以蔓延;蒲叶得意,霸空间而涨满。蹈自然之节奏,发内生之积淀。凭风借日,示凛凛之侠胆;倚空临水,亮柄柄之绿剑。斯时也!开辟水鸟乐园,摆设游鱼盛宴。白鲫抬头兮,翠鸟俯首;沙鸥筑窝兮,白鹭孵卵。远空雨歇,优娆娆以婆娑;平野斜阳,轻惹惹以婉转。静听鸣蝉噪晚,遥看暝鸦零乱。噫!蒲塘之宁静热闹,情思难剪矣!

嘉其生时青绿互兼,熟后青黄相间。蒲席、蒲包、蒲袋、蒲帽、蒲衣①、蒲扇。小巧玲珑,大方绚蒨。皆人之心灵手巧,蒲草之质轻色靓。记得孤村之旁,鱼塘之畔。石板身横而油光发亮,石锤柄竖而顺手适腕。男舂女织兮,买薯籴米;日耕夜耘兮,出力流汗。风露凄凄兮,暝舂于大树下;流光靡靡兮,摸织于小庭院。明借月光之满天,暗点油灯之一盏。谈何照明耶?乃驱暗而助威壮胆也!

嗟乎!"君当作磐石,妾当作蒲苇",品上《乐府》之篇;"下莞上簟,乃安斯寝",名入《诗经》之典。萧条风物而青青葱葱,坚贞象征而飘飘苒苒。济苍生之困,遂百

---

① 蒲衣:蓑衣。

姓之愿，惹得云愁雨恨也！

吴茂信先生赏析：

  作者笔下之蒲草乃蒲农之化身，蓬勃向上，不枝不蔓，即誉其刻苦耕织，质朴无瑕，此则父老乡亲之形象也。尤为精彩者，则生长蒲草之蒲草田也。水草丰茂，鱼鸟得所，一如海岸滩涂之红树林，生态和睦，生机无限，此泱泱乐土也。故土风物，入脑入心，方才力透纸背，栩栩如生也。

第三章 风情篇

春种赋

阳春三月，争妍花卉朵朵；惊蛰节气，催耕"布谷"声声。乍暖还寒气候，朝晴暮雨天情。抬望大河，漩濆涛翻浪滚；回眸小溪，潋滟影湛波平。斜风渺渺，细雨绵绵；蛙声片片，雷响盈盈。百种归田，正是春耕日程也！

节后育种，根白芽长苗健壮；年前耕地，陂混泥溶水闲萦。晨霜耿耿，鞭牛耙平经纬；朝露溥溥，铲秧疏散纵横。水浸春云天若水，人牛聚处是春耕。风云罔测兮，朝阳暮雨难定；心事无言兮，农时节气相凌。于是，回转斡旋残阳里，宵衣旰食夜中灯。夫妻抢插，暮云黯黯望星月；妪叟催晨，流光靡靡判启明。春雨如酥，归于夜淋飘洒；妙思如泉，出于晓檐滴零。布插如啄于田水深浅，肩担若飞于道路泥泞。雾浓天暗，姑嫂合力铺青秀；精疲力竭，夫妇和衣睡晚晴。花灼灼兮，神嘉园圃百卉艳；草萋萋兮，心喜禾苗一夜青！

噫！农耕之时代，时令乃真经。关乎社稷，系乎民生。物候变化，农时不可误；天象出现，季节焉能轻。溯乎远祖斫榛拓莽，开文明之滥觞；先民火耨刀耕，遗胤嗣之传承。历朝历代，身体力行。君不见，旧时朝社亲耕籍田，昔日帝著纨绮貂缨。于丰泽园前演示，神农坛里亲耕。尚书进耒，陪有三相六部；府尹荐鞭，恃自三公九卿。以示劝农劝稼，五谷丰登之盛况春荣乎！呜呼！史乘人文，朝野共识；农历瑰宝，家国同赓也！

贺义梅女士点评：

此赋运用叙述与描写、写实与用典、对衬与渲染之笔，勾画出了鲜活生动的农耕生活景象，展现了农耕文化的历史与时代发展的重要性。文中有景、有情、有人物、有声音，由远及近出现在作者的视野里，具有无限美好的想象空间。写出了农家生活的恬静，也体现了农家生活的辛劳，是一首赞美劳动与耕种的歌曲，作者因景启情而抒怀,反映出归隐田园轻松闲适的心境,以及悯农爱国之情怀。

"雾浓天暗,姑嫂合力铺青秀;精疲力竭,夫妇和衣睡晚晴。"将农忙景象刻画得活灵活现,让读者感到了"日出而作,日落而息"的生活的安然与恬静,也让读者感受到了劳动后的愉悦满足,自然放松。

夏耘赋

赤日暴形以炙烤，热风鼓炎以蒸煎。头入小炉而陶容，身在大窑而烹炭。沙路如汤兮，行人肩担避亭午；田水若沸兮，农夫夏耘择早晚也！

擎雷山前，南渡河畔。早造收官，露稻棵之千畦；晚禾待种，展膏田之万畹。见其牵牛挂轭，出踏晨光之熹微；肩犁执绳，归披暮色之沉黯。吸伏暑以粗翻细耙；润夏湿以耕深耘浅。下农事之功夫，顺自然之习惯。忌流莺之轻浮，戒暝鸦之凌乱。热风吹帽兮，天地清明宁静；暴雨冲犁兮，风云暗里偷换矣！

噫！一年之计在于春，植物争春生长；四季之策全在夏，人间靠夏吃饭。季风气候，千里雨暑双极至；农耕种植，万物水热两难免。六月时节，雨热同季叠加；三伏天气，旱涝共节轮转。嗟乎！来暑来雨，亦盼亦患。然而，五谷杂粮，唯溽暑是盼矣！

高琳女士赏析：

"绿树阴浓夏日长，楼台倒影入池塘。"夏天，热风烈焰，是一年中生命最热烈的时候，却也是农耕生活最艰辛的时候。《夏耘赋》一文从夏天的气候，转述到家乡雷州半岛的农人农耕生活的面貌，感叹五谷杂粮来之不易，字里行间，流露出作者对生活的无限珍重与热爱。

秋收赋

素秋已暮，蛰虫咸俯；青芜远萎，疏木遐荒。黄花犹带珠露，红叶已随风霜。蟋蟀缄口于墙罅，芙蓉冷悴于沼塘。衰兰败芷，一片狼藉；枯柳残桃，满目苍唐。燕别斜阳，致巷陌之空荡；雁栖新月，缀洲渚之荧煌。序入霜降，秋收农忙矣！

擎雷水域，千里曲折迤逦；雷州平原，万顷起伏圆方。朔风凛冽，雨隐雷消云灰暗；霜辰肃杀，水干田涸稻金黄。于是，听鸡声司晨，耿耿星河回曙色；鸟语报晓，叠叠云物映朝光。田头开镰以捣虚，垾尾包抄以批亢。循序推进，收刈挑稻持穗①；有条不紊，筛簸晒干入仓。大人镰刈稻丛，

---

① 持穗：用稻棍将穗上的稻谷打落，再筛簸干净。

如风卷席；儿童捡拾遗穗，似鸟啄场。稻捆圆圆兮，摇撼清风如纛风；尖担弯弯兮，撬乱霜空似腾骧。肩上稻担沉沉，眉间喜气洋洋矣！

噫！挑稻小子，刈禾姑娘。雁影秋空兮，蝶情春荡；霜风晚起兮，云幕高张。情窦初开，说笑半夜人不倦；青春少女，劳作一日色犹庄。风临百卉兮，芳香不藉；雨过千山兮，绿翠难藏。三分腼腆，半寸情思万般绪；七分矜持，一笑娇媚百种芳。相约石桥，一腔热血风渺渺；牵手柳岸，欲问心事只茫茫！

嗟乎！浩茫太极，缥缈参商。浅浅庭院，短短垣墙。婚姻嫁娶，天下苍生求饱腹；生儿育女，农民百姓恃仓箱。收刈劳累，三餐新饭壮胆；丰收喜悦，一壶浊酒飞觞。呜呼！农家自有农家乐，何必桃源是故乡耶！

周明理先生赏析：

秋声萧萧，忍看衰草喋蝉之肃杀；秋原荟荟，欣睹农夫村妇之繁忙。乡野石桥，玉成渺渺河汉欢聚；仓盈廪满，顿消辘辘往昔饥肠……

妙笔生花，而今九州难觅；诗文兼备，风骚媲美谁当？

冬藏赋

严冬季节，飕飕北风卷地；寒冷天气，凛凛冻云行空。衰草乱山对霜白，烘林败叶相映红。不尽溪流，波归平湖浪归海；无边落木，明随流水暗随风。云天水乡，牖连朔吹而全闭；孤村陋室，门纳斜阳而半封焉！

秋收告毕，月将日就；冬藏于始，岁兆年丰。晒干稻谷，别坚秕而存放；舂出新米，分粗碎而入瓮。腊月新春兮，思虑换季之不缺；寒往暑来兮，细算对接之无缝。忌日宝诞，岂能或缺；款朋待戚，不可疏慵。主妇皱眉，惆怅半年之堵塞；家君屈指，绸缪两季之和雍。有数于心，成竹在胸。家和万事兴兮，明通万壑；世宁千里亮兮，照彻千峰矣！

噫！岁序峥嵘，过小雪之凄冷；风尘荏苒，入大寒之隆冬。红尘紫陌，霞光散彩；寻常人家，喜气长笼。成行结队，迎花轿于鞭炮声里；呼群集众，接新娘于唢呐调中。于是，邀朋请友行大度，排筵设宴去平庸。父老乡亲，来于前后左右；亲朋戚友，出自南北西东。收下礼金，照封于日异；记准红钱，全贺于事同。面面俱到，尊重白叟；人人有座，不弃黄童。三丝数盘香南北，浊酒一壶喜相逢。一家办喜事，全村乐融融也！

嗟乎！农村清苦，百姓贫穷。然而，大事大办，牢记生儿育女；深意深藏，不忘接代传宗。呜呼！律吕阴阳达畅，景光天地相通。云微月淡，难望星空望大地；露重霜浓，不见红花见青松！

吴茂信先生赏析：

题为冬藏，实为家计。未雨绸缪，不是深得父母真传，岂可如数家珍，娓娓道来；若非耳濡目染，焉能穿针引线，丝丝入扣？以办喜事作结，前呼后应，生动地呈现冬藏之功。绘声绘色，惟妙惟肖。生活乃文艺取之不尽用之不竭之源泉也。

擎雷书院赋

夫书院,唐肇宋兴,明沿清袭。应嵩开先,道绍天理人伦;岳麓继后,魂承致用经世。尔来棋布城镇以全瓯,星罗都市以完璧。涵养英贤,体物缘情而逍遥;化育栋梁,顶天立地而横逸。文脉覃长兮,旧范追随于岭南;弦歌不绝兮,新声变曲于雷地。是故,擎雷书院,应运而挺生,蓄势而崛起矣!

顾其平湖映衬而冲融,文曲拱照而的砾。风物清嘉,示起凤之雄姿;山川形胜,列腾蛟之体势。山韫玉而簪青,水怀珠而摇碧。草萋萋而烟弥,林郁郁而翠滴。贴水而飞,鸥鹭颉颃回旋;穿云而上,鹤鸢轩鬐挥斥。或走或停,或行或止。苏子堤长,接千寻之瑰奇;寇公门阔,纳万象之宏丽。望笔架山，数奇石之有形；登缉熙台，收胜景之无极。玉蕊山旁，沉香间以花梨；楚豁岛上，野菊夹以茉莉。是山虽矮兮，揽明月于九天；来仪亭小兮，纳紫气于四季。至若徜徉果园，心回童稚矣！

美哉！观其规模，察其具体。形如苍鹰立崖，势似鲲鹏展翅。脊翘高啄，勾心斗角于遥空，棱线低回，错落参差于曲径。鸟革翚飞，惊广厦之鳞次；离立轮奂，叹华屋之迤逦。雕梁画栋，矞矞皇皇；长联阔匾，纷纷济济。蕊簇含羞而芸芸，霞飞动色而熠熠。千羽妍态，鹤会鸥盟；百啭清圆，鸾翔凤集。听吴歌楚语，会八方之晏音；雷曲雷歌，展一地之乐艺。于是，作赋凭栏，浴晓露于荔丛；观书坐石，沐夕曛以岚气。月宇临丹，读秦汉以沾濡；云窗网碧，吟唐宋以引佚。吁嘘！抬望忽荒，云凝白旌；远眺涵虚，虹飞赤帜也！

嗟乎！生于雷，长于雷，桑梓难忘；仕于斯，老于斯，乡愁永纪。重振杏坛，乡贤百应于一呼；再摇木铎，仕宦千谋以万计。是故宵衣旰食，不图鹪鹩之枝；殚精竭虑，以尽精卫之力。真情所至,始见迁兰变鲍,白虹贯日也!呜呼!增烟野之风光,平云山之苍翳,所望今贤后继焉!

吴茂信先生赏析:

擎雷书院乃作者精心策划之文旅巨构。为弘扬雷州文化,设藏书楼以储存典籍,造明伦堂以传道授业。邓君负粮自费,勤力躬行。为营造文化氛围,寻石觅树,建阁筑亭。奋斗数载,初见规模。诵此赋,胜地神游,知擎雷书院内涵丰厚,识雷州文化神圣,利在当代,功在千秋。邓君苦心孤诣,可敬堪嘉也!

明伦堂赋

擎雷书院明伦堂乃仿宋建筑,红木结构。堂高百尺,长百寻。由七千多支木条构成,而无一枚铁钉,全为榫卯结构。其为湛江第一座红木堂,值得一赋。

久闻广厦华屋,据地脉而兴旺,得水聚而昌明。书院明伦堂,抟收天地,挹高山氤氲而奇崛;擅纳菁华,收平湖水气而峥嵘。拔地而起,形如展翅之鲲鹏;横空出世,势似扑食之苍鹰。龙头鲤尾,翘屋脊以霸气;垂鱼惹草,点悬山以琼英。高墙深院,转角自然而生动;红砖黛瓦,线条流畅而飞腾!

入观朱门画栋而感慨,青础雕梁而奇惊。檐柱、金柱、中柱，分列雄伟高雅之体势；承梁、挑梁、角梁，架构缥缈飞动之造型。带斗拱之桁，托椽瓦以固顶；贴桁之檩，接梁柱以传承。飞椽檐椽，引檐口之高耸；间枋棋枋，固梁柱之平衡。横竖交叉兮，柱梁合抱不过；疏密相间兮，檩椽百尺有盈。骆驼峰伏于梁背，踌躇而满志；童子柱蹲于枋下，得意而忘形。巍巍峨峨兮，横横直直；林林总总兮，翼翼冯冯。柱栋林立，有如渔港之樯桅；檩椽绵密，宛若晴空之繁星。匠心独具，飞椽翼以飘逸；巧夺天工，反宇檐以空灵。起伏绵延，带音乐之节奏；宛转幽微，开境界之深层。窗户邻虚可望，感受阴阳之交泰；回廊高爽宜行，倾听鸾凤之和鸣。噫嘻！高低错落，全赖枋楞之穿插；上下左右，总是榫卯之牵萦。美轮美奂，赞构思之高深奇巧；惟妙惟肖，叹工匠之具体微精也！

嗟乎！仿宋建筑，而留明清之刀痕斧迹；红木唱戏，而融隋唐之鼓曲箫声。弘扬美德，进门似翻历史；演绎伦理，入堂如读人生。呜呼！喜见中华民族之崛起，传统文化之复兴。一幢凝固之文化音符，无字之百科真经。

周明理先生赏析：

　　文无状榜之分野，赋得诗文之精瓤。

　　长短相依，抑扬有序；千回百转，节韵悠扬。怀古颂今，悟贤能之真谛；吟风诵月，觉天地之渺茫。诗书继世，古朴风雅；诗词鼎盛，光耀宋唐。唯汉赋源流，浅尝辄止；稀疏著述，渺渺珍藏。

　　前有《滕王阁序》，唱千古赋文之绝响；后继《明伦堂赋》，歌"擎天书院"之堂皇。

　　噫嘻！吾鉴古观今，夫复何憾哉？！

笔架山赋

夫家置墨砚纸笔,应天日月辰星。兴微继绝,书院落于湖畔;守正创新,笔架介于林屏。守望鲲鹏之变化,鸾凤之和鸣也!

是山征净土以实基,遣奇石以造型。钝尖弥合,藉榫卯之差异;上下参差,假凸凹之不平。环环紧扣,求左右之对称;层层勾连,取轻重之平衡。方圆结合,而有条不紊;阴阳交泰,而无氏有名。曰龙曰虎,若仙若佛;似龟似蛇,非鹤非鹰。五指俱态,有灵有险而稳固;一掌浑然,随心随意而真情。远望其势,近察其形。烟霏幻变,景物晦明。似乎粗构率造,实则具体微精。虽人事之功夫,宛自然而天成。

明月晖光以涵璧兮，骄阳焕炳而吐瑛。愿含毫之构思奇巧兮，下笔之绵密娉婷矣！

冯应清先生赏析：

笔架山，为作者亲垒题名，全是人事功夫，浑然天成。擎雷书院所有景点皆为作者规划设计，鸠工建造，园林造诣颇深。

赋文阐明垒山初衷，题名寓意，山之构造，形意相趣。笔架山，书院之笔架。当笔挂于架时，则"含毫之构思奇巧"；当笔卸于架时，则"下笔之绵密娉婷"。笔架山，镇院之宝也。

缉熙台赋

缉熙台位于擎雷书院高地，抱湖揽湾，视野开阔。纯为人事之功夫，浑似自然之天成。登台骋目，偶成一赋。

屈曲延绵，青龙盘蛰而有态；威武雄壮，猛虎潜伏而无声。揽平湖而吐碧水，含青山而载风亭。错落有致，植佳木之参差；俯仰多姿，立奇石之纵横。雪白鹅黄，羡名花之香郁；如茵似毡，嘉芳草之扬菁。台高廿尺，抱地势而立望千里；基宽五丈，领风骚而坐拥百城。

朝日温煦，春和景明。苍茫千山绿泛，潋滟十里湖平。烟波澹荡，沙鸥翔集；晴山滴翠，白鹭飞鸣。斯时独上，抑或同登。凭高抟收，九霄浮云之缥缈；骋目擅纳，千里闲霞之腾升。慨叹漱涤万物之勃发,烟笼百态之晶莹。仰熙丹崖而多趣,俯瞰湖湾而喜惊。一阁流丹,扶摇而直插霄汉;二桥凌波,袅娜而斜抱蓬瀛。彩舟摇摇,穿孔桥而游荡;白帆点点,绕石岛而回萦。红袖旋翻染湖水,笑声娇滴入画屏。美不胜收兮,千般景趣;流连忘返兮,万种风情。

至若秋高气爽,晦魄娉婷。更阑人静,妩媚湖光月影;百鸟归巢,朦胧水岸沙汀。置身台上,则得虚极之净化,静笃之空灵。或坐石而思,或凭栏而望;或抚膺而虑,或绕阶而行。风月无边兮,心胸是岸;春秋有序兮,自然生成。闲适心态,感悟宇宙之奥妙;淡泊襟怀,梳理人生之历程。沥肠纾愤,思入变幻之云雨;钩深致远,虑盖转换之鲲鹏。融涵自然,粗知鲁叟乘桴之意;玄会天地,似听轩辕奏乐之笙矣!

呜呼!地不在大,在于奇崛;台不在高,在于峥嵘。悠悠万物皆美,美自心生焉!

符培鑫先生赏析：

纯人事之小台，却尽收湖山之天然，何也，一赋而名，圣境出矣！秋高气爽，皓月当空，似见一位文化学者"或坐石而思，或凭栏而望；或抚膺而虑，或绕阶而行"。感悟宇宙之奥妙，梳理人生之历程。岂非一首诗，一幅画乎！"悠悠万物皆美，美自心生焉"，心雅物美，诗赋衬之即灵。

林间讲坛赋

擎雷书院在大果园开辟林间讲堂。该讲堂面湖背山,红砖铺底,奇石林立,民间游戏图盘间布。文人学者云集,文化气氛浓烈。故作赋以记。

荔枝间以龙丛,如冠如盖;红砖缠于青石,若方若圆。枝叶扶疏,芒果浓荫覆地;树影摇曳,杨桃骇绿遮天。木铎声声玉振,弦歌曲曲金传。汇天地之鸿藻,蕴菁华之气氛于林间焉!

疏朗肃雍,来往无白丁之客;淑均端祥,谈笑有儒雅之贤。鸾翔凤集,剖精微之壶奥;鹤会鸥盟,析远古之残篇。守淑行以思卓砾,怀贞亮而秉妙玄。史乘人文,扬国粹于来日；澡身浴德，继传统于当前。穷神观化，以破译风俗；绨句绘章，以注疏田园。衔华佩实于绿野，体物缘情于林泉。噫嘻！睎林岸而睨碧水，擘沃野而梳葱原。评鹭说鸥兮，观凫察雁；聆燕听莺兮，讲鹤谈鹇。赞皮果之肉厚，慨山竹之汁甜。笑苞萝之皮陋，赏樱桃之色妍。走虎走翻①，民间游戏古老；打城抵角②，石上图盘画鲜。观窈眇之奇舞，听云和之琴弦。驰幽思于冥杳，做学问于清闲。人在林里，心回童年矣！

嗟乎！春秋代序，顺于天象；阴阳惨舒，合乎自然。学问在平常，浩浩乎诗书万卷；仁心垂宇宙，悠悠乎教化千般。呜呼！讲堂虽陋，然其领风气之先也！

吴茂信先生赏析：

这篇《林间讲坛赋》，景情交融，绘声绘色，文采飞扬，读之如食饴也！世界上不缺少美，缺少的是作者的文章，百花皆诗赋，万物均奥妙。

---

① ② 走虎走翻，打城抵角：都是民间游戏花样。

滤尘园赋

庚子夏月既望,日就先生邀余观赏园林。观之惊讶,无言以表。今作小赋以泻感慨之情。

海湾重地,河口要冲。金沙之畔,银滩之空。雾上园林,名木奇石异卉;云里景观,锦鱼眉鸟昆虫。其引人入胜,似幻似梦矣!

入园有趣,疏影横斜于曲径;步步佳景,虬枝宛转于盆中。有如下山猛虎,有如腾雾飞龙。有如猿挂垂藤,有如鹰击长空。奇形奇状奇态,多姿多彩多重。欹干侧枝博兰树,曲根屈节罗汉松。桂子开花三秋白,杜鹃绽放四时红。花果并美,葡萄茎秆籽硕硕;衔华佩实,红果枝头色彤彤。婀娜幽态，偃仰迤媚榆杈；浑圆凝重，枝叶扶疏朴丛。峰峦峻峭，挛蕨类于玄壁；藤叶茂密，吊葫芦于青葱。蓝天白云，福建茶叶之绿碧；落日流霞，九里香之味始浓。吁嘘！风拂飘香之径，景乱寻妍之瞳。本土生长兮，赞分粉之蝴蝶；高空采运兮，叹争蕊之蜜蜂。

仰望长空之寥廓，俯瞰海湾之恢宏。烟波浩渺映空碧，楼殿参差夕照红。岛屿散落而别致，椰树茂密而玲珑。嗟乎！月出东山明何处？风飘律吕伴林钟。引壶觞以痛饮，乘霁月之光风。对酒当歌，曲出稀世之景；不醉不休，兴入华疏之盅。

呜呼！郑君夫妇，情有独钟。别出心裁，缩天地于楼顶；茹古涵今，展乾坤于罅缝。镂月裁云兮，造园林于云雾；瑰意琦行兮，献祯祥于无穷。

吴茂信先生赏析：

开头一个"邀"，一腔深情，先声夺人；继而"惊讶"二字，满怀感慨，跃然纸上。园中风物，赏心悦目，诵读赋文，更显琳琅璀璨。滤尘园固然清秀幽雅,展现于读者之画卷,更借重赋文之精彩文思。作者熟读古今名赋,深谙骈文之精要。对仗工整,音韵谐和,随手拈来:"金沙之畔,银滩之空""雾上园林,名木奇石异卉;云里景观,锦鱼眉鸟昆虫""蓝天白云,福建茶叶绿碧;落日流霞,九里香之味始浓"……字字珠玑,文采斐然。所谓文以载道,文若不畅,道则不行。故邓君真文人也。

[第四章] 风土篇

擎雷水赋

天南气场,半岛玄脉;良田依托,郡名缘由。据粤西而吐南海,汇桂东而贯雷州。龙延蛇曲,形似鲲鹏变化;波汹浪涌,势如沧海横流。挟并吞八荒之气概,怀映照九野之嘉猷。东南西北,饮千村之百姓;春夏秋冬,灌万顷之田畴。

其浩浩奔腾,出海于双溪两口;涓涓细流,源自于坡仔一沟。纳百川而穿山破岭,汇万派而缠壑绕丘。水出北坡,波纹簟平而泛涟漪;风回南渡,水声霹雳而卷浪球。一泻千里风怒迫,雷霆万钧水势遒。然而,潮平岸阔,则波浪温柔。才是脱缰之野马,又成拖犁之耕牛也!

若夫惊蛰过后,春分未筹。一水两岸,向人花木舒窈窕；千顷万丘，霁雨禾苗叶齐抽。朝日温煦，水浸春云风皴浪；午风清凉，禾披青色客凝眸。借问酒家何处是，顽童遥指小竹楼。噫嘘！平常鸡鸭，而形色皆美；近水河鲜，而香味传攸。唤取青州从事①，退去平原督邮②。呼声急促，回音清幽。正是妙龄，迷人双靥嘴未笑；桃花如面，见客低头自含羞。嘻！醍醐冷舌临曲水，琥珀在手且酢酬。春来不是总在枝头也！

至若银河浩渺千里月，挚水烟波万顷秋。风荡点点之白帆，波漾叶叶之彩舟。上寥廓而无天，风云淡淡；下峥嵘而无地，波浪悠悠。灯火闪烁，岸上舞蹈步速快；水月溶漾，渔舟唱晚歌声稠。看疍家妹跳西藏舞，听男子汉一展歌喉。恋人并肩，对长亭之宁静；情侣依偎，行曲径之清幽。风物清嘉兮，笙歌凝碧水；玉壶光转兮，人影鉴中浮。忍看月堕更阑，情愿长久淹留。一帘幽梦，醉里绸缪矣！

---

① 青州从事：代指美酒。
② 平原督邮：代指劣酒。

嗟乎！擎雷水！雷州地理之标志，史及三国之孙刘。川流不息，谁堪匹俦。虽有南渡河之别号，然难改水名之史阄也！

刘刚先生赏析：

　　擎雷之名，史籍载之多矣，为海康县之标，亦雷州府之识，是则赋擎雷即赋海康而咏雷州也。万历《雷州府志》"郡有擎雷山，擎雷之水出焉，东流入海"一语，于此赋化身为千百言。

　　作者善状水，赋中一一标举擎雷水之形、势、功、源、流、归、史，寓理、寓情于无形。因作者善状之功，此赋作如画作。其无人之画，一水而多变，寄其流灌之曲折，随风候而动息。其有人之画，泼墨于二季，淡其春秋之云草，重人间以烟火。作者善观思，故有"拖犁耕牛"之喻和"春来不忘在枝头"之感。作者善用典，故能以"平原督邮"填其韵脚。作者善借化，故能见古句于依稀。

　　此赋宏哉！

擎雷山赋

明万历《雷州府志》曰:"南十里曰擎雷山,形如列屏,茂植葱翠,环拱郡治,即案山也。"

旧郡案山,新城屏障;纵分南北,横贯东西。揽万顷连云之壮阔①,抱一龙烟绕之瑰奇②。望三元而同启秀③,襟一水而共擎雷④。

郭外远眺,似猛虎之雄踞;登塔瞭望,如苍龙之逶迤。骤雨初歇,水白青葱新波漾;斜阳复照,山明绿暗霁云披。

---

① 万顷连云:东西洋平原,雷阳八景之一。
② 一龙烟绕:海堤,雷阳八景之一。
③ 三元:雷州三元塔。
④ 一水:擎雷水,俗称南渡河。

远近皆景，俯仰开眉。其山齐似刀切，列屏风之幽雅；悬若断岸，屹崭岩之欹崎。青绿合色，隔良田以芜岸；红灰分土，介禾野以湫湄。于是，绝攀萝蔓，轻装而废高履；流滑苔衣，简从而执青藜。噫！森林原始，植被随宜。茂林修竹，参参差差；高树长藤，他他藉藉。竹节后继出古干[①]，赤兰老去长孙枝。静听隔叶黄莺并语，仰看树顶紫燕双飞。寻幽探胜，吓跑兽交颈；爬坡越坎，惊散鸟双栖。细读碑文，知历史之悠古；回望禾地，想当年之高低。沧海桑田兮，今非昔比；高山深潭兮，岁月暌违！

出看天地旷旷，万物熙熙。炊烟袅袅，落日迟迟。风物清嘉兮，涵养民风之敦朴；淑气氤氲兮，分布村落之清夷。铺上两坡，情牵江西贺武；北后三山，德邻夏初铸黎。涵头岭高同城路，坑尾平兰共通逵。加源外园东市，村容绿合；乌林高华塘尾，坐落淑离[②]。

嗟乎！郡城案山，必是非常之地；史志载名，岂无品

[①] 竹节：树名，也叫"和顺树"。
[②] "铺上……淑离"：乃以村名组句。

貌容仪乎！弥古日新，天赠地资，自当珍之惜之爱之！今嘉案山之婵娟，长叹石碑之凄迷也！

冯应清先生赏析：

自古以来，人们只知擎雷山是"旧郡案山"，而不知山之与塔同秀，襟水共名。

作者以雄浑的笔力，描绘了壮观景象。登临远眺，田畴连云，堤围烟绕。山形幽雅，景色迷人。林竹参差，树藤他藉，莺歌燕舞，走兽交颈，人与自然，和谐相处。真是一派非凡景象，"非常之地"。

如此胜境，尽管沧桑变幻，依然"竹节后继出古干，赤兰老去长孙枝"，这片土地上生活的人们，繁衍生息，子孙瓜瓞。为了更好地说明这一点，赋以擎雷山周围十九个村庄，巧妙组句，连缀成文。从而告诫人们：既然身居福地，就要知福惜福。最后勉励：擎雷山，我们要"珍之惜之爱之"！

读罢《擎雷山赋》，我的最大感受是：我生于斯，长于斯，更自豪于斯！

东西洋赋

悠悠擎雷一水，川流不息；茫茫东西两洋，气贯日星。钟山川之灵秀，得天地之和精。收阴阳之交泰，领鸾凤之和鸣。地禀天赋，自然而成也！

顾其纵横百里，种播万升。依江河而伸展，绕山海而回萦。揽星汉于怀抱，抚牛女于心膺。游鱼洄沿，双髻至斯而北仰[1]；飞鸟颉颃，云开到此而南倾[2]。日月盈昃田留影，辰宿列张水映明。东洋圆阔，飞怕杜鹃惊黄雀；西洋方长，疲劳林鸠累苍鹰。东洋阳骄兮，西洋雨骤；洋西雾重兮，洋东烟轻！

---

[1] 双髻：山名，位于雷州半岛南部。
[2] 云开：云开大山，位于广东信宜境内。

春风春雨，天气清和；春耕春种，埂路泥泞。做畦开沟，棍鞭挥舞牛前进；播种插秧，手脚配合人后行。风云莫测，天象难侦。晨阳午雨倏忽降，云暗风回又报晴。百种归田，披星戴月抄近道；节气逼人，宵衣旰食点斜灯。全力以赴，调兵遣将残阳里；分秒必争，男耕女插夜三更。噫嘻！犁耙锄铲，丰于开战之武库；男女老幼，多于军营之士兵。

阳春三月，冉冉云团，晨熙半遮千里白；澄澄碧水，晴光全映一洋青。至若大暑前后，百里收镰，万畦未耕。曙光初照，展现田畴棋格；雨后斜阳，映衬阡陌纵横。斯时田埂信步，逸志闲情。仰望澄清之玉宇，俯看雨洗之金茎。远眺彩虹之玦曲，骋目灰土之箪平。芳草萋萋而含碧，野花灼灼而吐英。田坪风飔芭蕉叶，沟渠水漾碎浮萍。沙鸥水浒，丹鹤沙汀。贴水飞翔河间鹭，引颈长歌叶里莺。则人在田野，美入杳冥也！

嗟乎！东西两洋！寒来暑往，见证岁月之流逝；春风秋月，孕育丁口之繁生。青秧黄稻，百姓热汗之果；长畦短丘，苍生泪水之凝。载历史沧桑于畎亩，记人间甘苦于冥灵。与日月而同在，共天地而永恒也！

冯应清先生赏析：

锦心绣口，东西洋胜景，铺就画廊。春风春雨，云团碧水，青秧黄稻，美不胜收。诸般美景，前贤之所未及者，斯赋挥写得淋漓尽致。

菠萝的海赋

海峡北岸,半岛南部。绿水白云,蓝天红土。凤梨遍野,藉以土地之肥沃;菠萝飘香,假以日照之充足。据"大陆南端"之地优,享"菠萝的海"之美誉。终年蜂蝶忙乱,四季花果相续也!

其地广村疏,似海洋之空阔;形缓貌突,如波涛之起伏。龙门、英利,与下桥、和安同经线;下洋、前山,共曲界、锦和连纬度。二县十镇,以百里算方圆;百壑千丘,以万顷计田亩。近观似吞云霞入口,远望如吐日月出肚。栖树鸠鸣怨无力,隔叶莺啼愁难渡。大地奇观,孰无登临送目焉!

若夫时入秋凉,天气初肃。虹收残滴,斜照游雾。驻足路前空旷地，骋目野外山高处。五颜六色，一片花海；千姿百态，满天飞絮。见白云倒影之远来，疑百舸争流之速去。波里畅游，花间漫步。黄白争放兮，金紫竞逐。蝴蝶分香兮，蜜蜂吃醋。地上红颜丛里绿怒，叶底清风花面珠露。青鸾低飞以命俦，白鹤高鸣以啸侣。吁嘘！此景应是春里来，缘何选择秋天布耶！

至若东风轻暖，荷针高矗。其颜色金黄，果肉透熟。则如初阳照浪，黄海翻腾；朝霞映波，金洋飞舞。望之惊叹，粉笔丹青描不像；对此谩嗟，金针彩线绣难著也！斯时也！四面来宾，纳百川之流水；八方至客，汇万派之财富。坐贾滇黔粤桂，行销吴越巴蜀。订购秦晋韩魏，运送燕赵齐鲁。远至于金辽蒙元，就近于湖湘荆楚。创汇于西欧北美，通商于澎湖马祖。小小菠萝，斡旋九州列国之云雨矣！

嗟乎！百花一果兮，经五百朝暮；万物有灵兮，亦有情和绪。君不知，榕不过于赣江之传，橘变异于淮北之语乎？皆言水土不服也！"菠萝的海"落雷南，乃天地之安排，阴阳之有数也哉!

吴茂信先生赏析:

"二县十镇,以百里算方圆;百壑千丘,以万顷计田亩",赋也;"其地广村疏,似海洋之空阔;形缓貌突,如波涛之起伏",比也;"榕不过于赣江之传,橘变异于淮北之语",兴也。作者善用赋、比、兴,故其赋文挥洒自如也。知此道者未必能用,得心应手者必深知巧妙也。读书万卷博闻强记,心中语汇如海纳百川;洞幽察微毫忽在意,描绘形象入木三分。于是,笔下山坡竟烟水浩渺,起伏山峦波涛汹涌。然后,有色、有味、有香,广袤绿野,真"菠萝的海"也。

杨桃沟赋

半岛北望，海湾西倚。杨桃沟出，花果香迤。顾其据石城而揽高雷，控河唇而坐鹤地。三面环山而纵横千丈；一面来风而清凉百里。终年花果接续，四季熟生相继。江东花信荟萃于斯，粤西果名融汇于此。虽无水帘洞之形，却有花果山之实也！

六月炎蒸，去年天气。斜阳残照，车绕青山追佳景；熏风吹晚，心随绿茵转迢递。凭高骋目，登临遥指。俯瞰苍茫，入海仿佛无差距；仰望峰峦，去天依约不盈尺。沟上白云，迟疑而过长空；绿丛岚翠，缥缈而归无际。风吹绿叶，舒卷平斜颜色鲜；日照青枝，摇摆婆娑油光腻。走走停停，行行止止。大路宽敞通逵，小道绮错鳞比。烟笼百态而扎于黄土，漱涤万株而出于沙砾。杨桃参差，红橙杨梅疏朗；皮果错落，荔枝龙眼散逸。人工矮化，杨桃顶平生龙爪；顺其自然，皮果冠圆成球体。鼓楼坡后，皮果垂枝而锦绣；莲塘口外，杨桃挂干而迤逦。于是，顺手即摘，张嘴便吃。新鲜可口，原味原汁焉！

叶笼花罩兮，树有硕果；风清云白兮，游人如织。或成双成对，或结群结队。中裤墨镜装点帅哥，花裙短袂熨帖佳丽。倩笑珠零，娇叫玉碎。皆为果实之同异也！噫嘘！游者无心，来人有意。夹道相逢，旧时相识。于是，诸队组合，乃成章顺理也！夕阳殷红，晚霞散绮。凉风轻轻，香尘细细。佳果佳人佳景，忍把光阴轻弃？再尝杨桃，酥手掰分非常甜；又试石榴，纤指摘果别样味。说说笑笑，情感寄于蛾眉；嘻嘻哈哈，果香飘于皓齿。美哉！回见路边之卿卿我我，胜却枝头之甜甜蜜蜜矣！

高琳女士赏析：

  杨桃美景，花前树下。这是一篇充满生活情趣的赋文，初读有崔护的《题都城南庄》"去年今日此门中，人面桃花相映红"的诗意，再读读到的是日常生活的小浪漫、小欢喜。平常事物，作者如何在借景抒情，叙事状物中铺采摛文，信手拈来一好文？我想一切只源于对生活的爱，当然，还有那年春天，那个和自己一路同行的人。

沙溪赋

神奇半岛，势若拔地之天柱；浩渺擎水，状如闪电之光彪。参差错落，壑谷间于旷野；曲折迂回，沙溪破于田畴。映照日月之出没，折射星辰之沉浮。涵养青禾金谷，滋润丛山林丘。

故乡村后九坑来水，郭前一溪疏流。惹惹而万丘缠绕，迟迟而百里绸缪。察其西出高山，汇涓涓之多派；东入擎雷，过潺潺之长喉。韶光明媚，去之匆匆而洒脱；残阳倒影，来之脉脉而娇羞。不假施朱描翠，天然脸嫩蛾修。怀汀搂渚，妖娆薄媚身段美；吻潭舔渊，淑姿幽态曲线优。澄潭浮鲤兮，银蟾光满；石濑游鲫兮，水殿清浏。岩隈白蘋兮，布萋萋之叶茂；水浒红蓼兮，挺苒苒之茎柔。贴水而飞，过群结之白鹭；俯溪而巡，来翔集之沙鸥。噫！云涛涨晚人归去，烟浪笼泉月如钩。而心在月底溪头也！

若夫熏风六月，落日熔球。信步溪岸以放眼，独坐石桥而凝眸。桥上行人，溪中人泅。后生深水习蛙泳，少年浅滩运兵筹。共乐时康，迎汀滢之申申；分享清凉，浴石鳞之悠悠。必觉天真之烂漫，有意久淹留矣！

至若天高气爽，十月金秋。黄花地与雁阵齐美，碧云天共溪水同游。听其柔波软语，絮絮如诉衷曲；浅笑轻颦，依依似解清愁。收拾云情，尽显峥嵘之奇崛；铺张烟态，深藏窈窕之清幽。如此令人缱绻难忘，自守明爽之追求也！

嗟乎！飘逸空灵，赞沙淘石滤之兰藻；丰腴清秀，嘉水势地貌之方猷。与世无争兮，循规矩而画方圆；顺其自然兮，守约束而竞自由。呜呼！心宽而无忧也！

刘刚先生赏析：

  开篇状写沙溪善用动字，一"破"字即见溪之灵动和力道。映照日月出没，折射星辰沉浮，此以寰宇之怀显现溪之清澈和久远。涵养青禾金谷，滋润丛山林丘，此以济世之心诉说溪之达人与利物。

  "若夫""至若""嗟乎"各领一段，此乃《岳阳楼记》之轮廓，读者经此可自见经验中之景致和篇意。以虚字收用典之效，似是意外之得。

  末句写沙溪，儒道合一。有老子写水之"善利万物而不争"，有孔子写己之"从心所欲不逾矩"，亦道作者之心思也。

  此赋达哉！

古村落赋

雷州三县，历史悠久；半岛四方，人文丰富。其古村落，顺山势水势而散立，依人气地气以间布。镶嵌于林地江河，点缀于山野隈隩。潜藏芳华以惊世，隐匿琼瑶以骇俗。

擎水两岸，地平而显于明朗；罗岗一脉，林密而隐于蓊郁。岭北调丰，坐落于古官道；建新苏二，环曲于青山麓。碌切调铭，挺秀于仕礼坳；和家邦塘，拔萃于擎雷浒。龙门潮溪，盘山陬而望沙洲；南兴东林，踞平原而抱汀渚。湖光旧县，绕署常闻马回衙；太平通明，拥港静看船归浦。陟高眺望，登临送目。飞檐翔于林泉表里，翘角迥于白云深处。红墙绮于鸣雁水乡，黛瓦偃于幽芳山路。野润烟光兮，沙暄日色；自然造化兮，山川草木！

夫观之形态，山环水绕；察其格局，风藏气聚。大道似曲却直，小巷若断又续。鸿鹄翱翔于熹微，鲲鹏亮翅于初曙。浅浅池塘连旷野，深深庭院点修竹。入进士之古宅，探解元之旧宇。寻乡贤之故居，进富甲之豪屋。嘉其均衡相称，取稳重之比例；左右平分，稽恰当之尺度。虚中有实，或浅或深；实中有虚，或藏或露。结构严谨而均匀，造型美观而和煦。绮陌申申兮，飞絮纷纷；疏影斜斜兮，幽径曲曲也！望屋脊正门，龙凤麒麟摆姿；墙楣照壁，花鸟虫鱼飞舞。雕梁画栋，或展翅云鹤，或缥缈祥云；或书香卷雅，或风威文武。栩栩如生兮，意蕴深刻；惟妙惟肖兮，典雅幽笃。瑞烟嘉气，虽无宫殿之富丽堂皇；壮采幽情，却有山野之天真浑朴。噫！恰逢菡萏娇红，锦茵初展；新萍圆碧，轻烟疏雨。身置院庭，眼观云物。轩楹高爽，纳千顷之汪洋；窗户邻虚，收四时之雅趣。幔卷镜中之山泉，衣生隔窗之云雾。景色秾丽清奇，境界闲和静穆也！

嗟乎！人类祖先，逐水草而生发；原始村落，聚氏族以居住。辨斑驳之石坊，查卷黄之族谱。知史迹之沧桑，风烟之亘古。书中有传，淡薄之唐宋遗风；村落见证，浓厚之明清神韵。呜呼！幸瑰宝之未央，珠明玉润；祝太平其有象，龙骧凤翥也！

冯应清先生赏析：

　　雷州，历史悠久，人文丰富。古村落像一颗颗明珠，散落在半岛。作者妙手属文，缀珠连玉，古村落便成了一幅美丽蓝图，呈现在读者面前。

　　作者知识渊博，通晓历史，谙熟人文，通识地理，对古村落的地理位置、山光水色、自然造化、人文风水、建筑风格，娓娓道来，如数家珍。令人未临其境，先慕其名，向往不已。

　　"壮彩幽情""察其格局"。"进士之古宅""解元之旧宇"，结构造型，各争轩逸。登堂入室，可览古代之遗风，"可求古仁人之心"。

古井深情

夫日月如梭,光阴荏苒;物新人老,常忆往年。探幽览胜,联想故乡古井;煮饭泡茶,幽思井水清泉。挥之不去兮,哺育人丁之兴旺;弃之莫舍兮,滋润世代之衍繁。

顾其方口圆腹,寓意阴阳交泰,暗示天地方圆。口小腹大,以减无根水之恙[①];地空场阔,以避污染源之患。口植石条,而显参差之图案;腹垒赤石[②],而留工字之缝间。面铺红砖以防滑,底厚沙粒以滤源。砌砖墙于四面,开井门于两边。四季阳光充足,日夜空气新鲜。风烟亘古,石板凹陷脚印;历史沧桑,腹壁布满苔钱。早晚用水,而不

---

① 无根水:雨水、雪水、霜水、露水、雹水。
② 赤石:在地浅层色赤肉粗质松之石。

涸于夏阳骄炎；昼夜涌泉，而无溢于秋雨连绵。噫嘘！水源活而清朗，口感甘而冽寒。体轻质澄兮，深藏脑海；味美气芬兮，永记心田。

善哉！水供门户，泉流家园。竹扁担、绞麻绳；木水桶、铁线圈。洗薯淘米，而担于黄昏后；煮饭煲粥，而挑于拂晓前。队列如龙，而间以拐杖妪叟；人头如簇，而参以纸笔乡贤。进退有序，条而不紊；先来后到，互让相谦。中天日映兮，清清之井水；残阳夕照兮，袅袅之炊烟！

嗟乎！环视今日之晚辈，遥想昔时之祖先。苍凉岁月，山寒水冷；农耕时代，安土重迁。君不见，羁旅离乡，夫妇抱头痛哭；行役别井，母子热泪涟涟乎！

呜呼！井者，仙也！与过去而共存，和现代而相连。此乃离开江河，先民移居之地禀；亲近市井，圩镇兴起之天全也！

符培鑫先生赏析：

  事贵纲举目张，文贵以小见大。作者从建井的科学性、实用功能和带来的邻里和睦入手，挖掘井文化，以及井对历史和现实的作用。文虽短，但其立体感，画面感很强。读其一井，似见天下之井，如见农耕时代人井之情！

古桥寻踪

雷州半岛,港汊纵横,河渠密布。是故贯通南北,勾连东西,非桥即渡。然而,渡口虽横,船行惧于风浪;桥梁直贯,人过不怕云雨也!

不知天南重地,天堑几多;记得故乡石桥,名老桥古。其东入喧嚣之小圩,西连广袤之田亩。桥下沙溪悠悠,天空白云簇簇。桥距水面,九尺而有余;身跨两岸,十寻而不足。三孔五墩,以方麻块而砌成;一面三分,以长石条而铺具。上下结合,挖凸凹以平衡;前后连接,凿榫卯以稳固。收帆落樯,船只南北穿梭;肩客担夫,人流东西来去。过耕读之书生,行卖买之商贾;走农夫之赶集,闹婚姻之嫁娶。来回于春夏秋冬,过往于晨朝日暮。岁月流逝,刻于墩柱水痕里；历史沧桑，印于石板不平处。遥想当年之风光，长忆桥头之景趣。银河泻影兮，沙溪流碧；禾地蛙田兮，芳草蝉树。十月秋高，金风玉露。忽荒寥廓，悠悠白绵绵之云彩；大块丰收，滚滚黄澄澄之稻菽。晨光阳熙，望弯腰收割之农夫；落日夕照，看贴水飞翔之鸥鹭。则令人情怀感慕也！

惜哉！痛哉！时过境迁，翻云卷雾。南辕北辙，凤凰变成大乌鸡；买椟还珠，石桥换为水泥路。无影无踪兮，何处寻觅；空留回想兮，不堪入目。哀建造而无能，叹拆毁而有术。笑乎平庸，不知魏晋；鄙乎陋俗，无识齐鲁。君不见，几百年古桥，长留创造未来之行迹，烙印不甘现状之脚步乎？风狂雨暴，而知世态之炎凉；春寒夏暑，而识百姓之甘苦。其历经风云之变幻，见证朝代之兴覆。呜呼！石桥不识字，而证历史无情有序也！

冯应清先生赏析：

  古桥寻踪，史海钩沉。家乡古桥，已掩没于荒草之中。遥想当年，桥跨两岸，桥上桥下，白云流水。迎来送往，商贾骚人，车马如龙，舟楫如梭。可是光阴流逝，昔日繁华，只剩水痕刻印。此情此景，历历在目。

  更令人不能忘怀的还是两岸的美丽景趣。作者用蘸满激情的笔墨，铺陈直叙。笔底春风展示了迷人的田园风光："银河泻影""沙溪流碧""禾地蛙田""芳草蝉树"，"十月秋高，金风玉露"。脍炙佳句，堪与"三秋桂子，十里荷花"媲美。至景至情，使人心旷神怡。从而表达了作者缅怀古桥、热爱家乡的深厚感情。

  时过境迁，古桥见证了世态炎凉、世代兴衰。从而，作者发出惊叹：古人造桥有心护桥无能，今人造桥无心拆桥有术。不识字的桥印记了历史，识字的人却毁掉了桥。人们，要记住历史，要尊重历史！

  《古桥寻踪》写景抒情，均属切身体验，议论高妙，耐人寻味。

茅屋赋

茅草屋面，土块宅墙。浅浅庭院，陋陋厅堂。"人"字高挂，如丹丘之凤鬻；屋脊飞啄，似紫陌之鹏襄。线条流畅而显气韵，棱角含蓄而隐锋芒。丈量精确，构造一院四合；尺度规整，划分三间五房。翕张左右之两门，坦荡中间之院场。擅纳天地之淑气，抟收日月之灵光。平淡和谐，交泰阴阳也！

记得少时，茅屋平常。灯小光微，严父教我打珠算；风清月朗，慈母牵手指牛郎。草扇摇摇，感似轻舟破浪；儿歌句句，迷若风帆漂洋。启迪童智兮，拨开混沌；点亮心灵兮，走出洪荒。庭院虽小，而对晴天皓月；房间简朴，而坐净牖明窗。寻常巷陌，风筝北岭；茅舍竹篱，待月西厢。童稚祯祥者矣！然物有正反两面，理分长短双方。土墙茅屋，最忌雨暴风狂。

遥想当年，气象无耳，风信梁昌。残墙危屋，防不胜防。或未雨绸缪，平时修补以固之尚存；或临渴掘井，风起拴绑以救其未亡。噫！早造丰收在望，正是六月农忙。瘴烟夹云千里暗，蛮风带雨万屋伤。暴殄天物兮，向晚肆虐；穷凶极恶兮，乘夜寮狼。欺弱凌强，飙风狂撕屋背；袭高压低，洪水倒灌卧床。姐弟蜷缩于房角落，父母抗灾于厅门旁。风枪雨箭双袭击，固门戽水两难当。恸哭无泪天黯黯，恻怆有声夜茫茫。饱经多困之痛苦，受尽鲜知之凄凉。年过六秩，欲相忘，却难忘！

嗟乎！屋者，规矩修养之体现，血脉心性之延长。构以生命之信仰，表以伦理之舒张。踏踏实实兮，真话真讲；安安全全兮，深意深藏。今见广厦鳞次栉比，华楼富丽堂皇。然而，史乘人文，茅屋幢幢。其俾三曜而炳焕，证千载之沧桑。溯乎斫榛拓莽之远祖，开启建筑文明之滥觞。祺瑞敷扬，定风格之有域；缉熙烜奕，传文化于无疆。呜呼！风雨摧危，乃贫穷而至于恓惶也！

贺义梅女士赏析：

  前有刘禹锡《陋室铭》，今有《茅屋赋》。名为《茅屋》却不简单，作者回忆儿时经历坎坷，人生曲折尽致，借《茅屋》呈现出生命变化，有历经沧桑后归于宁静的感觉。作者写得义重情深，倾注了全部情感，但语言平实，没有大喜大悲的做作，用琐屑细致的描写手法来表达自己对旧居难忘的怀念之情。

土糖寮赋

雷州三县，海岸迂回曲折；半岛重地，田园平坦迥辽。山清水秀，土沃野膏。一年两熟，水田稻菽翻金浪；一岁一收，坡园甘蔗涌绿潮。是故，应运而生，土寮起于岁末岭坪；择时而榨，糖香飘于腊月山坳。

顾其木石结构，立中流之砥柱；榫孔连动，行分合之相交。托磉承汁，碾盘凿有沟道；转动榨蔗，石磉开出凸凹。分间隔以齿轮，皆成方刻；合密契以木榫，均是圆雕。两柱直立以支撑，一木横架以并包。方圆对接，严丝合缝一整体；榫孔互搭，松紧适度两逍遥。见转杆长弯，带沉石而省力；牛轭短曲，拉软绳而效高。牵碾压榨，凭耕牛之雄壮；填蔗覆渣，赖蔗农之辛劳焉！

噫！榨蔗武略，煮糖文韬。见甘蔗横七竖八，同场而堆；铁锅接二连三，共灶而烧。前高后低而有序，蒸汁煮糖而不淆。除沫去波，前炉武焰猛攻；结甘出糖，后锅文火慢熬。循序渐进，不紊有条。赖于一人撑篙梢也！见其加石灰以求凝结，滴香油以防飞漂。糖浆沸腾，手插锅底以取蛋①；圆糕滚热，齿咬糖丸以知标。于是，糖浆出锅，满寮香飘。嘉厚度相同，缘于承浆之草席；赞块头一致，出于划痕之钢刀。分外忙碌，大人左秤右袋；异常活跃，小童右看左瞧。捡糖碎、拈糖屑，舔糖粒、吃糖糕。

吁嘘！火烘少衣之族，糖饱缺食之曹。呜呼！今机声轰隆，烟冲云霄，然终生难忘土糖寮。

符培鑫先生赏析：

土糖寮乃雷州之经典物质类人文遗产。先生之赋，以文字形式保存之。属汉体叙事赋，但写作艺术，高于汉赋。短小精悍，文字

---

① 取蛋：糖煮将成时，糖汁在锅底结块。此时煮糖师傅先在冷水中凉手，然后快速直插锅底取块，放在冷水中捏拿。呈球状的糖块叫糖蛋。

优雅,将糖寮之结构、煮糖之设备,制土糖(黑糖片)之工艺,以形象生动之语言,重示于世。"榨糖武略,煮糖文韬",八个字,高度概括制糖之过程。细节更精彩,"加石灰以求凝结,滴香油以防飞漂。糖浆沸腾,手插锅底以取蛋;圆糕滚热,齿咬糖丸以知标",有惊无险。汉赋情在"曲终奏雅",即末尾之谏言,先生之赋,情在叙事之中,如小童左顾右盼,"捡糖碎、拈糖屑,舔糖粒、吃糖糕""火烘少衣之族,糖饱缺食之曹"。忧民之情,隐于童真。

第五章 风俗篇

中秋赋

日轨微微南坠,金风轻轻飘襄。往日花瓣带露,今朝绿叶凝霜。轰轰隆隆,雷声断续闪电;淅淅沥沥,雨水连绵带凉。妙哉!炎暑已往,秋意渐浓;天高气爽,寒翼未翔。

白露过后,鸿雁急急寻旅;秋分将至,燕子匆匆整装。蟋蟀登台奏曲,旋律激越;寒蝉告别鸣唱,格调凄怆。绸缪千虫行储备,颉颃百鸟在收藏。愁红落尽兮莲池,枯叶纷乱兮荷塘。然昼夜均而等量日月,寒暑平而对半阴阳。斯时也,清泉可鉴出于石罅,秋月似镜上乎毫芒。天蓝云白,巍峨群山摇空碧;日丽风和,澹荡烟波映夕阳。月季紫、秋菊黄,桂子乳白;橘子绿、石榴红,稻菽鹅黄。年年岁岁中秋节，最是难忘月饼香。鲈鱼正肥兮，临风把盏；螃蟹膏结兮，月照壶觞。噫！光风霁月，一年大好时光！

然而，天地生万物，秋月照千江。而万物各有异，千江不同簧。或奏"江云有影"之调，或唱"冷月无声"之腔。或赋"浮光跃金"之感，或诉"晓风残月"之伤。或吟"江清月近人"之句，或诵"水浅鱼读月"之章。或寄意志，或寓抱负；或表困惑，或沥衷肠。呜呼！风月无今无古，情怀自抑自扬矣！

刘刚先生赏析：

从气象风物入手，秋风、秋雨、秋花、秋叶、秋云、秋月……俯仰天地，寓目河山，景象历历，人之所同。然览物之情，得无异乎？秋思、秋怨、秋喜、秋愁……各怀心事，触景生情。一番精雕细刻、描形写意之后，画龙点睛，"风月无今无古，情怀自抑自扬矣"，顺理成章，水到渠成焉。

社戏赋

砍竹拖桁于旧岁腊月，立柱搭楼于神诞将至。坐南向北，定戏楼于旧地；居北朝南，立神坛于原址。搬出幕布，薄帘清洗平皱褶；擦亮用具，汽灯加油未加汽。按人收钱无新创，平均摊派有旧例。欲问戏演几多场次？选择奇数吉利。头夜请主颂神，末场收妖赶鬼，是也！

春寒料峭，去年天气。扫巷清污，推车滚滚轮翻转；鸣锣开道，神轿摇摇人回避。以名分而排座次，按昭穆而定神位也！暮云飘散，露寒星之点点；香烟结彩，流烛泪之滴滴。噫嘻！人声喧嚣于村头巷尾，成群结队于戏场内外。来自嫁出女儿女婿，媳妇婆家姐妹。父姑表弟表兄，外婆家庭妯娌。新朋旧友，赶于四面；远房亲戚，行于廿里。男男女女，红红绿绿；熙熙攘攘，纷纷济济。爽哉！鞭炮齐鸣，火光烟尘扬天外；锣鼓开台，急管繁弦灯光底。台上施朱描翠，台下头仰踵企。或坐或蹲，或卧或立。有搭木板以占地盘，有铺草席以抢位置。或以长凳为号，或以矮墩做记。粗看台前，坐老人小孩家庭妇女；细观场后，站本村青壮外村兄弟。场露地冷兮，瑟瑟寒风瑟瑟身；兴高采烈兮，融融气氛融融戏！

数演员不同去年，歌本略同旧岁。或演秀才之贫穷，或现王侯之富贵。或说小姐之刁蛮，或言书生之寒悴。孝儿怀橘，而纨绔子弟放荡；小童趋庭，而白鼻公子淫佚。歌颂勤俭固家，尽忠报国；教人清正廉明，忠孝仁义。鞭挞过河拆桥，恩将仇报；鄙夷欺压百姓，贪官污吏。穷人中状兮，乞丐有大志；文官不贪财兮，武将不怕死。看包文正着青蟒，大义灭亲；薛仁贵披白袍，所向披靡。关羽挥刀，吕布耍戟。林冲枪快，李逵斧利。程咬金大笑不动脐，秦香莲未唱先流泪。身不由己，杨宗保临战招亲；执法严明，杨延昭辕门罪子。噫！方寸地万里河山，顷刻间千载历史兮!

剧情正展,高潮未起。杀气腾腾,武生盔甲颤动;风情袅袅,青衣莲步踏碎。然而,台下妇女频频打盹,小孩昏昏已睡。场后站人,来去相继。或微灯矮凳,或暮天席地。白切狗肉酌杜康①,红皮烧猪斟绿蚁②。天寒地冻,只知三杯两盏淡酒;山高水长,难晓凄凄惨惨戚戚。亲朋难聚,贫穷易积。人逢神诞精神爽,谁敢笑我醺醺醉。只求六国封相,不管三国演义。于是乎!更深夜阑,醉眼看佳丽焉!

嗟乎!农村社戏,人神共乐;高台教化,情理两细。虽是下里巴人之俗,但有阳春白雪之美。朝代百姓,文字不识。然而,略懂庙堂江湖,能辨忠奸真伪。眼看心思,粗识欺人之害;耳闻目睹,明白吃亏之理。坚守耕读持家,弘扬诗书继世。此乃社戏之功高至伟也!

---

① 杜康:酒名。
② 绿蚁:酒名。

吴茂信先生赏析：

　　《社戏赋》记事较之鲁迅先生名作《社戏》更为丰富，兴味更加浓郁。儿时在戏场流连，所见所闻刻于脑海。随着岁月推移，一切已成沉淀，阔别远去。如今一诵《社戏赋》，时光倒流，光阴重返，一切又回到面前，楼台上锣鼓声，戏台下欢笑声，戏场边赶台脚摊贩吆喝声，汇成暖潮，涌上心头。演出的规例，不同时段关注的人等，小观众眼中景象及脑中思绪，丝丝入扣，色彩斑斓，活灵活现。好一幅神人共乐的画卷！

赛龙舟

仕礼岭绿翠红稀,擎雷水浪细波暖。风迟日媚,野花倒影于一河;桃红柳绿,青芜蘸碧于两岸。锣鼓喧天,急管繁弦催促;人声鼎沸,企踵翘首以盼。草帽掀檐,阳光抚摸英雄背;衣袂飘拂,东风轻接如花面。荔枝壳,粽子叶;旧报纸,花手绢。老老少少,男男女女;红红绿绿,鲜鲜艳艳。儿时记忆,今日再现也!

无奈!时辰恰到,仪式正办。请龙祭神,鸡熟米生果鲜;魂舟送魂,烧钱焚香烛点。装起铜锣皮鼓,神水飘洒;按上龙头龙尾,鸡血飞溅。顾其舟身狭长,金眼龙头轩昂;船体细窄,鳞甲龙尾高卷。重檐楼阁,雕镂精美;鼓台锣架，装饰显眼。梢命两头以掌舵①，鼓令中间行调遣②。上插帅旗花草之刺绣，枻刻龙凤八仙之图案。舟形统一，以示竞赛公平；旗分多色，以供观者认辨。划者卅六，称"三十六之香官"；站者有四，行旗、鼓、锣、神之板也！

噫！脉脉横波，鼓声劈浪；迟迟暖日，彩旗招展。桡影斡波飞霜刃，棹尾照日翻白剑。舟中高喊，齐心协力奋进；岸上尖叫，争相登高临远。舟去水痕久不合，浪击波影霎时乱。鼓声渐急标渐近，竿头挂彩终点现。前舟齐肃勇夺标，后船失势事何怨？手举锦标之霞烂，而不觉划船之疲倦矣！于是乎！东水西山夕阳满，南归北还人渐散。肠饥脚软，归程不远也不近；腹空神疲，心里有怨而不恨。龙舟赛事，缱绻夜梦千千转！

嗟乎！贫穷百姓，三餐不易四季忙；偏僻乡村，一年难得一回见。竞赛精神，山河魄动；夺标意志，鬼神魂颤。山高水长兮，青春美女难相认；舟跃岸欢兮，俊秀才郎见

---

① 梢命：前后两梢掌舵定向，命运所系。
② 鼓令：鼓在中间指挥，发号施令。

不晚。节日穿针,未婚之人相识;龙舟引线,有眷之情相恋。呜呼!年年端午,岁岁如愿!

吴茂信先生赏析:

端阳怀古,龙舟竞渡,神州处处皆可观赏。唯作者笔下,龙舟姓雷;饮酒啖肉以壮行色,光膀赤膊鼓棹者姓雷;借赛龙夺锦走亲访戚熙来攘往之观众姓雷;一河两岸助威俚腔俗调姓雷……风土人情,地域心理,精雕细刻,独具一格。非情牵故里体察入微者,岂能为之!

游神赋

水浸春云，雾锁朝日；庙门尘飘，东风吹冷。锣声喧天，开辟肃静大道；鼙鼓动地，祭出神轿顶顶。形神逼真，神像威风凛凛；令箭光寒，灵童殷勤郑郑。见其瞋目裂眦而作法，穿颊吐舌而禀命。

神鞭抽响，而鞭炮齐鸣；道士剑挥，而乐声响应。狮子舞动，"六国封相"之旗高举；锣鼓助威，"八仙贺寿"之匾焕炳。兴高采烈，旌旗幡帜斜矗；威武雄壮，刀枪剑戟横挺。共瞻神仪，怀快乐之心情；同沐神恩，穿节日之装盛。青年壮岁，缠头扎带白鞋踏；少妇春女，粉面束腰红妆称。潇潇洒洒，耍套路之随意；浩浩荡荡，走线路之既定。夹道欢迎村已近，沙尘飞扬风未静矣！

朝云飘散，晴阳光耿。队伍入村，神灵巡境。孤村要道，人流接踵行并肩；晒谷场上，牺牲熟食摆分皿。急管配以锣钹，繁弦和以钟磬。鞭炮开场，狮子拜神采青；锣鼓重敲，武队展示本领。腾挪闪跃，挥南拳而踢北腿；真假虚实，棒风凉而剑光清。银枪耀日而飞霜雪，英棍生风而回旋影。斯时也！神轿剧烈而摆动，令童怒目而高瞪。时进时退，划弧以兜圈；忽左忽右，驱邪而匡靖。风调雨顺兮，百姓之祈祷；国泰民安兮，苍生之愿景！

　　噫嘻！赏心悦目于游神，迷惑不解于穿令。于是，少时好奇，追看究竟。怜其疲惫不堪似明病，两眼无神如阴症。怪哉！撤下令箭而无留伤痕，拔出长针而不见血映。看其脸原原本本，验其令干干净净。惊呼神奇于年少无知，其中缘故于长成方省也！

冯应清先生赏析：

　　《游神赋》以赋家铺陈、史家钩沉之笔法，把游神活动写得活灵活现。

赋文通过对游神的阵容、仪式、场景、活动内容等方面,多层次、多角度层层排列,笔如倒海排山。从而把游神活动渲染得如花似锦,读后爽心悦目。

古老的游神活动,千百年来,人们乐此不疲,原因何在?作者挖掘出这项活动的背后作用,原来游神是为了"驱邪而匡靖",最终目的是"风调雨顺兮,百姓之祈祷;国泰民安兮,苍生之愿景",从而揭示了这项活动的内在逻辑和深刻含义。

全文一气呵成,最后以精警之句端庄收之,让人读罢回味无穷。

田耕赋

大凡犁田耙地皆用牛，故曰牛耕，或曰田耕。植物种植，需犁土耙田之深细；田间管理，求田畦水沟之分明。平土办田，有赖于耙口之方正；筑畦开沟，全靠犁头之斜倾。是故，看似平常却奇崛，不言深奥而峥嵘也！

耕田有技巧，老农心里清。见其一石之田，破于三斗之纵；三斗之地，犁于十升之横。远交近攻，以短扛犁之径；连横合纵，而缩牵牛之行。噫吁嘻！左手执缰以鞭策，右手扶犁以续赓。或棍抽而粗气，或喝吆而粗声。来来回回而踩旧地，左左右右而现新增。于是，翻土起陂，犁定格局于深处；碎块混粗，耙耘具体之表层。犁田可用幼畜，挂轭驯服；耙畦必须老耕，就熟驾轻。切如火砖之长块，磨像豆腐之方平。见田畴棋格，浅水闲萦；春播秋插，欢声溢盈。斯时也！雷州歌谣，韵熟词生，不饮亦有醉情也！

殊不知！田间抽牛乃催步，家里惜牛出真诚。早出早归，以避夏日之酷暑；巳去午还，以防北风之寒凌。夏趁天之熏微，冬待日之高升。煮热吃温，备饲料于夜半；薯叶米糠，喂耕牛于三更。冬顾稻秆热料，春施青草薯藤。无微不至兮，农家视牛乃命绳矣！

嗟乎！五千年文明历史，三千载农耕路程。犁出江河之定格，耙显土地之平衡。呜呼！农业社会渐渐走远，牛耕生活悄悄隐形。然而，牛耕精神文化，万世而不瞑！

高琳女士赏析：

牛耕是农耕的一种方式，而农耕文化，是人们在长期农业生产中形成的。具有悠久的文化内涵的二十四节气，正是上古农耕文明的产物，也是中国的骄傲，和先人智慧的见证。

该篇赋文从牛耕方式到牛耕精神，娓娓道来，先生对牛耕的劳作方式非常熟悉，对辛勤耕耘的"牛"和默默劳作的"农民"心怀悲悯和仁爱。在四季轮回、霜冻烈焰的季节里，植物种植和田间管理，何其不易？然而，"耕田有技巧，老农心里清"。耕田的技巧在于它的传承性，也正是农耕文明的地域多样性、历史传承性和乡土民间性，赋予中华文化重要特征，也是中华文化绵延不断、长盛不衰的重要原因。

　　文章语言朴实、感情真挚，高度赞美了牛耕文化的传承精神，值得我们每个人学习。

打铁赋

师徒有三,各担在肩。或铁锤铁砧,或木炭钢钳。或风箱行旅,或酱米油盐。路上行藏,如唐玄奘取经于西域;围炉蹲坐,似刘关张结义于桃园。走村过巷,而不辞越岭翻山也!

六月炎蒸天气,小暑雨晴变繁。阳艳雷鸣风不定,雨霁烟消云又翻。夏稻湿收而暂告毕,秋种待耕而短农闲。于是,大榕树下,古祠堂边。炭火通红,大锤砰砰如炮竹;铁花飞溅,小锤叮当似弹弦。大锤小锤交错下,炮声弦音混合传。近观浮云掠红日,远听碎珠落玉盘。朝日温煦,顾客纷至沓来;晨风清凉,围观成圈成团。看回炉重锻之技巧,赏定型新造之谋篇。改头换尾精彩,生铁镶钢新鲜。

炉熔锤修，耙齿凿嘴锥尾；汗浸水淬，犁头稻叉门环。炉里碎钢钝铁，砧上刀斧钩镰。风箱缓急，熔钢化铁；铁锤快慢，攻坚克难。噫！用具千种，形态百般。均出炭火其里、铁锤其间焉！

吁嘘！详观细察，略知师徒规矩；左看右瞧，粗识锤下方圆。各含殊采，志气槃桓。大锤紧握，徒弟跟班学艺；小锤在手，师傅定向把关。一锤定音，造开辟天地之势；百痕可调，柄扭转乾坤之权。做具体精微之调整，行格局造型之斡旋。然而，看其技艺而赞，观其劳苦而怜。大地如烧兮，短裤聊以遮丑；铁火纷飞兮，粗衣胜于无衫。锤声忽轻忽重，师徒汗湿汗干。顿吃竹箩之蒸饭，渴饮簸下之米泔。不慕春风秋月兮，留意夏暑冬寒！

嗟乎！沧桑史迹，亘古炉烟。农耕文明之陪伴，中华文化之蝉联。于今行销，岁月难瞒。历史不容假设，时代焉回从前乎！

吴茂信先生赏析：

  童年时代，村中常见工匠，有木匠、有泥瓦匠、有修补匠，而最感兴趣者，当数铁匠矣。喜其锤声铿锵，美其力量偾张。无惧取笑，当年物质匮乏，饥肠辘辘，更垂涎其蒸饭之清香。随着工业化程度之提高，机械化之普惠，铁匠师徒游乡打铁之情景已无处可觅。作者一篇《打铁赋》，让时光穿越，画面回放。"风箱缓急，熔钢化铁；铁锤快慢，攻坚克难""大锤紧握，徒弟跟班学艺；小锤在手，师傅定向把关""锤声忽轻忽重，师徒汗湿汗干"。如临其境，如见其人。惟妙惟肖，妙趣横生。虽司空见惯，却只是表面现象。作者高明，在于透过现象，掌握本质。试举一例："师徒有三，各担在肩。或铁锤铁砧，或木炭钢钳，或风箱行旅，或酱米油盐"，此为现象也；"路上行藏，如唐玄奘取经于西域；围炉蹲坐，似刘关张结义于桃园"，此乃本质也。寥寥几笔，无产阶级之组织纪律性即跃然纸上焉。

补锅赋

《补锅赋》已收入《天南百赋》集。文曰"一铁炉兮两副担,两师徒兮一风箱"出于虚构。现以写实手法重写《补锅赋》。

打铁三师徒,补锅无伙计。以风箱风炉之两件,配铁臼铁杵于一体。取左右之平衡,求轻重之合理。一担在肩,下村上市。噫!路遥山远一行役也!

骄阳似火,三伏天气。西风凝固,渴怕树叶而不动;大地火烧,晒哭石头而无泪。小鱼塘畔,杵舂铁声四散;大榕树下,炎蒸炉烟孤直。见其中裤肚兜,炭黑炭染;赤脚光背,汗干汗湿。一条毛巾,偷借日月于脸上;两破手套,深藏风云于掌里。风箱一进一退,破锅沓来纷至。或残底而坏墙,或缺耳而破壁。或日长而罅漏,或月久而缝隙。疑难杂症,莫衷一是矣!

于是,寻觅旧踪,找出新迹。具体微精,小心翼翼。细锤轻敲,去残弱之纤轸;凿子洞穿,寄新生以艳质。或三点成一线,或五星组梅蕊。或撒布如珠零,或抛撒似玉碎。炉火熊熊兮,烧熔粒粒颗颗;铁浆滚滚兮,勺出点点滴滴。其圆若鱼珠,蹦蹦跳跳灿烂;红比初阳,鲜鲜活活绚丽。棉垫谷灰,托红珠以暗向;石棉布棒,挥黑手以明挤。外凸内平,分利钝于刹那;严丝合缝,决成败于瞬息。吁嘘!涂上泥浆,磨平赘料,当场检验而不漏水也!

嗟乎!补区区一破锅,蕴含高超技艺。收拾破碎而再造乾坤,排除残旧而重布经纬。人间智慧见于方寸天地也!

符培鑫先生赏析：

　　银术、箍桶、制陶、修补等手艺，生活之智慧与技艺，科技发展之阶段性技术。雅致之文字，让补锅手艺之智慧与平凡劳动者之艰辛，构成一幅幅优美之风情艺术画，展显于蓝天下大地上。"西风凝固，渴怕树叶而不动；大地火烧，晒哭石头而无泪"，西南季风到来，雷州炎夏，跳跃在画面上。"小鱼塘畔，杵舂铁声四散；大榕树下，炎蒸炉烟孤直。""一条毛巾，偷借日月于脸上；两破手套，深藏风云于掌里。""收拾珠碎而再造乾坤，排除残旧而重布经纬。"浪漫的画面，见补锅人之浪漫，连补锅之液铁珠之画面，也浪漫起来，红比初阳，美如梅蕊，"撒布如珠零""抛撒似玉碎"。

重阳赋

九九归一而日月逢阳，一元肇始而万象新生。清气上扬，苍龙七宿迁斡；浊质下沉，寰宇六合澄清。天公赐福，沾濡八纮添气象；上苍降瑞，普率九野洽恩荣。重阳节近，烟霞幻变，景物娉婷也！

燕别斜阳而空巷陌，雁栖新月而满芜汀。渚清沙白，江涵秋影连穹碧；天蓝云白，山溶月色著鸿明。澄潭浮鲤，沿洄而演妙舞；柔枝唱鹊，清圆而奏谐声。玉露泣萸，紫瓣多情而自喜；金风飘菊，黄丝有意而相萦。闻萸嗅菊兮，浓馥淡香皆极品；弄蕊拈花兮，红房艳粉总晶莹。噫！绵绵秋雨初歇，袅袅清风轻盈。晓日垂虹，淑气青岚缱绻；沙溪漱玉，长天秋水共澄。梢云冠嵝，群岫葱葱而蔽日；

青霭绕叶，层林郁郁而列屏。亦诗亦画兮，宜雨宜晴。沐夕阳而生意境，浴秋风而动心旌焉！

今日重阳，登山秋游，赏菊辞青。岂非人之常情乎！于是，吻昕将曙，相催鸡鸣。儿孙敬老，同踏晨滢。噫嘻！金星西挂，东方未升。莫道君行早，更有人早行。或插茱簪菊，祈祥瑞以心愿；或轻裘缓带，行祓禊以虔诚。朝霞散绮，万娇千媚红引路；青山结彩，千丝万缕绿相迎。晨光照人，迢递万家幽梦；清风弄影，绸缪百里真情。美矣！遥望烟中树色，俯仰云下山形。聆鸟鸣之婉转，醉山色之空灵。叹雷阳之佳景，嘉半岛之瑶琼。疑是昆仑之阆苑，不逊陶令之武陵也哉！

嗟乎！重阳佳节，开天象崇拜之原始，演丰收祭天之传承。敬老感恩于长久，饮宴祈寿于千龄。缺月未圆，然普天婵娟；长庚明媚，即垂象泰平也！

吴茂信先生赏析：

  秋气清，秋景明。霞光月色，皆重阳之气韵；菊蕊萸香，俱深秋之高洁。长者祈显考，幼者尽孝道，登高望远，情景交融。神来之笔也！

鼓赋

土鼓蒉桴,伊耆氏之乐奏①;夔皮雷骨,轩辕帝之用武②。开皮鼓文明之滥觞,添精神生活以巨富。

盖其结构简单,响声远聚。功效神奇,文武竞逐。象征权力,高登宫廷庙堂;激励士气,伴随征战军旅。一鼓作气,曹刿取胜于长勺;八百鼓响,蚩尤败北于涿鹿③。义会古城,张翼德拥皮郭④;鏖战金兵,梁红玉擂响鼓。鸣金

---

① 土鼓蒉桴:《礼记·明堂位》记载"土鼓蒉桴苇龠,伊耆氏之乐也"。土鼓,即陶器的鼓。传说伊耆氏用草编成的鼓槌敲击土鼓,传声很远。
② 夔皮雷骨:黄帝用夔牛皮蒙鼓,用雷兽的骨做鼓槌,敲起来地动山摇,威力无穷。
③ 蚩尤败北于涿鹿:涿鹿大战开始,黄帝做成八百面鼓、一千六十根鼓槌,一齐擂动。蚩尤军队还未交战,就被鼓声震得人仰马翻,溃不成军。
④ 皮郭:鼓。《说文解字》:鼓,郭也。

收兵，无言而有令；击鼓进军，约定而成俗也！

通天神器兮，兼收并蓄。音别春秋兮，声分寒暑。融涵自然，合四金之乐曲①；玄会天地，配八音之律吕②。槌下轻重缓急，鼓上哀乐喜怒。轻敲切切，羽舞千山似凤；重擂嘈嘈，气吞万里如虎。切切嘈嘈，芙蓉出水燕呢喃；嘈嘈切切，梨花带泪莺自诉。演绎雷韵粤腔，翻版吴歌楚语。气静神虚，悟春风秋月之寄；心闲态适，会金戈铁马之寓。笔头千字，胸中万卷；日月星辰，风雷云雾。尽在槌桴之落处矣！

吁嘘！皮鼓！响震不同，居无定所。史迹沧桑，风烟亘古。始为朝廷祭祀喜庆，蝉联民间婚姻嫁娶。呜呼！鼓声响处，必有好歹甘苦！今先生在家赋闲，故为鼓而闲赋。

---

① 四金：指錞、镯、铙、铎。
② 八音：金（钟）、石（磬）、丝（琴瑟）、竹（箫篪）、匏（笙竽）、土（埙）、革（鼓）、木（柷），八种不同音质的乐器。

高琳女士赏析：

读罢《鼓赋》，感觉其细腻之处的切切嘈嘈之音犹如白居易的《琵琶行》，不同的是《琵琶行》以叙事为主，而《鼓赋》侧重于对器皿、音律、寓意的描述，兼以用典，兼以象征、通感，兼以古今、时空、天地相照。"响震不同，居无定所。史迹沧桑，风烟亘古。"先生想象力丰富，胸有万千壮志豪情，只在鼓声响起的刹那，已然融入万物精神。

[第六章]
风骚篇

茶赋

瑶树琪花，出灵山妙峰而显贵；紫笋黄芽，扎幽谷峻岭而弥珍。其清热防寒，解毒醒酒；怡情悦情，换骨轻身。香赛兰芷，合清敬怡真之士；甘胜醍醐，宜精行俭德之人也！

然茶艺务以雅致，其道求之纯真。素手汲泉，扬以秀发娇眉；红妆扫雪，露以浅笑轻颦。化茶烟入红莲碎步；融汤香于皓齿丹唇。自古哲人知水魄，从来名士识茶魂。释赏茶德，以求心空见性；道重茶功，以图避世超尘。市井追味而温故，儒人品韵而知新。是以，鸾俦鹤侣，或聚于松竹之下；骚人羽客，或会于石泉之滨。或坐明窗净牗，或对皓月白云。燃有明焰之柴火，煎无妄沸之汤根。去绝尘境，韵自诗中领悟；栖神物外，味从琴里知闻。自爱其爱，自贵其贵；自重其重，自尊其尊。与天地精神往来，共香烟茶晕长存矣！

嗟乎！高山嘉木，承甘露之芳泽；悬崖瑞草，收菁华之氤氲。长沐清明之彩，不留谷雨之痕。遗人间以妙药，开气象之阳春。呜呼！两腋生风，吃卢仝之七碗；一斛百篇，醉李白之三巡。文人茶酒，难解难分矣！

高琳女士赏析：

茶可清心，亦可参禅。心空见性，格物致知。此篇兼具诗歌和散文的性质，铺采摛文，体物写志。作者对茶的描述充满了自然的灵性："长沐清明之彩，不留谷雨之痕。遗人间以妙药，开气象之阳春。"与茶同行，取的便是那份天地间的释然。故曰：人在天地间谓之"茶"。文人墨客，辞赋篇章，"与天地精神往来，共香烟茶晕长存矣"。喝茶是一种优雅、超然的精神。喝的是茶，品的是人生。茶圣陆羽对茶的评价是"最宜精勤简德之人"。意思是只有好品质的人才能喝得出好茶。然而，一杯茶只能喝一次，一个天真浪漫的人、一个有生活品质的人、一个懂得珍惜当下的人、一个真正体味到注重内在修为的人，才可以进入茶的心。

酒赋

夫滴醍醐以馨逸，斟琥珀而芳芬。秉懿德而称圣，立伟绩而成神。风烟亘古，经褒贬而愈重；岁月沧桑，历久远而弥新。

噫！地有酒泉之涌，天挂醉星之醺。其繁香型而绚蒨，滤蒸馏而纯真。奉行自由平等，秉持一视同仁。老幼齐观，涵濡庙堂草野；童叟不欺，荣施长衫红裙。入山林以养浩①，赴钟鼎以醒魂②。临清风以激烈，对明月而温存。驰骋沙场，刀光剑影遮日月；纵横翰苑，高吟清唱遏行云。酌献酬酢，遵礼仪以待客；和敬温克，循美德以迎宾。噫

---

① 山林：隐士。
② 钟鼎：官场。

㘗！玉液琼浆，入口腔而冷舌；清圣浊贤，侵牙龈而暖唇。活思路于微醉，释潜能于三巡。解忧而醒半寸，消愁而醉七分。天之美禄，地之香醇也！

嗟乎！壮胆略以尚武，激灵感以崇文。俯仰今古，俾三光而炳焕；史乘人文，遗千载以氤氲。然而，"物无美恶，过则为灾"；水可行舟，亦可溺身。是以，浅尝见雅微醺仙，暴饮非俗即蠢人。呜呼！人生易老酒不老，再越万年尚青春焉！

周明理先生赏析：

酒伴智人而生，熟食偶余而成酒；名泉酝酿醇醴，物质精神速变通。明月清风，吞云吐雾诗词涌；钟鸣鼎食，锦衣豪饮显威风。浔阳楼酒醉题反诗，官逼民反；景阳冈武松除恶虎，酒壮英雄！

这篇《酒赋》太好了！

寻龙记

雷阳邓氏始祖，讳邓仁奭公葬于草罗大岭余脉，潮阳后坡。其魂场奇崛，风水峥嵘。余亲临详观细察，见蟠龙之象，故作文以记之。

壬寅二月初二，天蓝云簇，空水澄鲜。若水先生抛书搁笔，与友游于名城四门；吟啸笑谈，登于古塔三元。登高临远兮，心旷神怡；凭栏极目兮，俯仰流连。忽见狂飙起于坎震，奇观现于离乾。云雾扶摇羊角，声光传递雷鞭。鹿鸣牛吼，其声忽大忽小，似近还远；蛇项蜃腹，其形倏直倏曲，才方又圆。似梦神幻，意在槃桓。友人曰：淑气氤氲，乃凤翥之征兆；庆云烂漫，即龙骧之缤翻。何不亲临其境以观哉！先生曰：善！目睹为真，莫听谬传！

于是，定方位，驱长车；鸣汽笛，顾周全。驾出城郭之喧嚣，进入芳郊之静恬。过南兴之碧野①，越松竹之晴川②。钢壳胶轮，奔驰于崇山峻岭；方针圆盘，摇摆于赤壁青田。峰回火炬之涧壑③，路转标角之林泉④。吁嘘！豁然开朗！天高地阔，精神为之一振；日丽风和，气象呈于万千焉！

将行将止，白云掠于头顶；亦步亦趋，轻烟浮于眼前。登山信步，踏青等闲。达郁直行，群山高耸其外；盘曲环绕，一峦独秀其间。见其轮廓清晰，伏震惊千里之气势；棱角分明，藏照耀八荒之威严。阳光灿烂，莺啼鹤立；花开草笑，蝶乱蜂喧。此乃山峦之大观也。然则详观细察，深究精研，则别有洞天也！

是峦长千寻，而平如砥石；脊高百尺，而浮若空船。

---

① 南兴：地名。
② 松竹：地名。
③ 火炬：地名。
④ 标角：地名。

芳草一色而带露，香花多姿而留烟。星星点点，花蕊小若针眼；鳞鳞次次，草丛圆似铜钱。伸缩幽微，示骨骼之粗壮；偶露峥嵘，知奇石之深坚。乌墨枝虬[①]，前列鹰爪以环抱；榕棠节错，后展蛇尾之盘缠，呜呼噫嘻！塔顶所见之状，实地所观之形，契而不偏乎？对曰：同态同颜！是故，信知蟠龙之蛰伏，固显一峦之孤妍矣！

嗟乎！地选人而有分，人选地而无缘。得灵地乃阴德之所至，非堪舆之能迁。讳仁奭公[②]，治事功高，为人德懿，其骑鹤乘龙，乃理所当然也！

刘刚先生赏析：

此赋开篇以"龙抬头"点题，以"天蓝云簇，空水澄鲜"把全篇笔以通透清新之调。模声拟形惟妙惟肖，得之于善喻；叙述陈说结构清晰，得之于有序。两次对白为此赋妙笔，既是人物行动和文字叙述之线索，又前后映照，形成大结构中之小结构，使文章呈现"回"字形之环环相套。作者致力于以远观近看之笔摹写龙象之峦，

---

① 乌墨：树名。
② 仁奭公：邓仁奭，雷阳邓氏始祖。

形、态、色、声、味尽显"一峦之孤妍"。其远观也,以地理知其独秀,以轮廓见其气势,以花鸟表其生物。其近看也,以比喻拟人之法道其大小、形状、花草、奇石、树木。通篇叙事时节奏沉稳,描写时笔触从容,足见作者驱遣驾驭之力。末段"得灵地乃阴德之所至,非堪舆之能迁",道出慎终追远之正旨。

此赋清哉!

持螯下酒记

辛丑中秋，天阔月圆。若水先生与高考同年，对坐倾谈于台上，持螯下酒于月前。忆高考之岁月，叙复习之当年。一鼓作气，吟《曹刿论战》之名句；骐骥一跃，咏《荀子劝学》之佳篇。"……蟹六跪而二螯，非蛇鳝之穴无可寄托者，用心躁也。"同年打止，曰："此言谬矣！"举螯而高声曰："其披坚执锐，岂有无挖洞穴之谈耶？"

同年与先生，长于海湾河口，谙于水沟农田。屏鱼捉虾以丰餐，拾螺抓蟹以维艰。素知其凶狠，见惯其野蛮。蝉眼龟身，外形丑陋奇特；无肠有肚，内在残忍谲奸。双眼怒目，动辄张弩拔剑；八足横行，到处举斧挥钳。无肠公子兼无情无义，铁甲将军而有威无衔。腥臭不弃于夜饮，荤素均吃于晨餐。可恶可憎，残食受伤之同类；可怖可厌，饥吃自身之卵丸。有心有肺而无头无尾，有洞有穴而无法无天。总以干戈逞勇武，终究带壳上炉煎。

然而，古人治学严谨，尊重自然，馨澄心以思索，眇众虑而为言。何谓其无穴乎？先生曰："殆厌其性，恨其怼。故陋其种类，丑其祖先乎？"同年曰："谈言微中，善！"斯时，月移树影落台间焉！

吴茂信先生赏析：

《持螯下酒记》发端于记事，形肖神备；论理于闲谈，鞭辟入里，有《赤壁赋》之神韵也！作者为贤者讳，敬畏古人，尤其可贵！

吃河豚记

华灯初放,海湾渔火繁闹;春风料峭,河口野花凝霜。若水先生偕友,车赴海滨渔庄。哇!高朋满座,热闹非常。或为骚客文友,或称大亨名富;或来梨园佳丽,或出歌坛红妆。彼此寒暄,文质彬彬;自我推介,谦让温良。少顷,热气腾腾,滚烫豚肉上于桌面;信心倍倍,主厨师傅吃于当场!

先生与友,其始不知豚宴,于今内心彷徨。顾左右而言他,赔笑脸以强装。主人心知肚明,察入毫芒。噫嘻!经不起劝说,而放开豪迈之胆;挡不住诱惑,而拆去拘泥之墙。欢声笑语于美食佳肴,杯觥交错于灯火辉煌。盛肉趁热,主人热情慷慨;斟酒华疏,红袖殷勤添香。肉厚皮酥兮，入口即化；洁白如腴兮，沾齿留芳。"珍异等猩狒"，曾翰林喻之贴切[①]；"搏死食河豚"，苏学士言之激昂[②]。于是，酒过三巡，频频举杯随太守；醉意七分，摇摇把盏说冯唐。人生难得几回醉，酒酣胸胆尚开张。奏轻乐以畅饮，扬歌声以引觞。珍惜极品之食，不负琥珀之光。风流倜傥兮，西装革履；勾魂摄魄兮，蛾翠裙黄。然而，最是难忘者，河豚之汤也！

翌月，先生之友，吃河豚中毒，经抢救及时而不至于身亡。友曰：流年不顺，命运受殃也！对曰：非也！殊不知，河豚含有剧毒，或回旋于眼睛，或循环于血液，或于肝肾中匿，或于卵巢里藏。是故，河豚可吃而不可乱吃，万事可为而不可猖狂也！

刘刚先生赏析：

虽则辛弃疾曰"河豚挟鸩毒，杀人一脔足"，而宋代文人尤其中

[①] 曾翰林：唐宋八大家之一的曾巩。
[②] 苏学士：苏东坡。

意于食河豚，梅尧臣、苏轼、范成大、苏颂、赵希逢、周承勋、周晞稷、薛季宣、方一夔等辈皆有"食河豚诗"，同写河豚毒与美之交错，遍告食豚生与死之纠结。此篇以赋体记食河豚之过程，借文体之优势，胜宋诗于详细；以心理之细腻，言宋诗之未言。

　　融古汇今、行笔奇险乃此赋之特色。借用古人是赋家常法，而以求化为上。此篇首段有《滕王阁序》之迹而夺其胎，次段有《密州出猎》之痕而换其骨。以俗语今语行文是古文辞演变之常态，而论家历有争议。赋中有古人"嘻嘻"之感叹，亦有今人"哇"之口语；有"红袖、蛾翠"之古辞，亦有"信心、西装"之今字。食豚乃半日之事而叙述至翌月，显此赋之奇；记述耗通篇之文而寓理于一句，彰此赋之险。此种融汇和行笔，皆需作者有十分勇气。

　　此赋勇哉！

种木棉树记

己亥仲春,平湖轻烟,沙屿淡雾。擎雷书院人,掀铲挥锄,涌热情之千般;提桶推车,植木棉之一树。期待润湿,阔周边而深树坑;广积肥源,去沙瘠而换沃土。减负保生,疏枝叶以轻身;防暴抗风,拉钢丝以稳固。噫!俯仰多姿,观望有趣。二桥一湾,小屿载日而圆;一屿一树,木棉栉风而直矗。

然而,树植兼年,梅开二度。而枝叶不展,树顶光秃。问园丁:乃水分之欠缺,抑或肥力之不足乎?对曰:不明何故!于是,杀虫除草于春温,浇水施肥于夏暑。精确松根于晴晨,细心培土于日暮。有计则施兮,仍旧萎靡不振;用尽功夫兮,依然不识时务。弃之不舍,留之碍目也!无奈！去年秋月，植玉蕊以合团，围木棉以成伍。冬去春来，清风雨露。见玉蕊叶茂枝繁，木棉青葱绿怒矣！

嗟乎！树者，有生命之物也！树如人，人当有心思；人同树，树岂无情绪乎！人难忍于寂寞，树惧怕于孤独。再植树木，使其遥相呼应，表面之冠结群；交错盘缠，地下之根成组。彼此渗透，守望相助也！

刘刚先生赏析：

  古人作叙事赋，有虚构与写实之别，而其旨皆不止于述说旧事，诚如清人刘熙载所言："叙事有寓理，有寓情，有寓气，有寓识。无寓，则如偶人也。"此为叙事赋之法门。

  作者先是直笔铺叙自己无意中以"合团成伍"之法拯救木棉之萎靡，以己之所历而事件真实，以己之所思而细节可感。有此"真"为基，末段专以寓理则水到渠成，无生硬割裂之嫌，有词断义连之妙。末笔倡言"彼此渗透，守望互助"，其人树相同之理出，而作者之情、气、识皆见矣。

  此赋真哉！

游金牛岛记

岁次壬寅,仲春斑斓。城内红嫣,芳郊绿芊。余闻金牛岛景异,遂邀友游于二月春暄。谈古论今,车内饱读之俊彦;评词品句,座上儒雅之高贤。说俄乌,谈中美;评秦后,道汉前。高谈阔论,过湖光之小镇;慷慨激昂,而不知车停世乔之村边焉!

良辰美景,倍增欢颜。听喇叭声声呼群,人头钻涌;见小旗摇摇带队,接踵擦肩。望白帆之点点,间断间续;眺红树之簇簇,相友相怜。溶溶春水,处处景观。浅黄西装,呈现汉子气度;乳白婚纱,映衬楚腰婵娟。路绕华光之神庙,心投金牛之华笺。登上兰舟,览景盘桓矣!

布鞋舌帽,男子汉掌舵心细;斗笠花服,疍家妹摇桨态娴。俯仰湖天，长空阳照光灿灿，平湖波皱碧涟涟。泂沿低翔，鸥鹭嘴吻银湖水；振翅高飞，鹇鹤背贴海云天。桨棹交错，偷看情侣拍彩照；舟帆穿梭，坐赏佳丽摇裙圈。噫！瞭然飞动，青红彬斑。舟在湖上，人在画间。看红树之形态，想造物之天全。三五成群兮，呈花叶相间之秀；一树成林兮，争茎根裸露之妍。似雨伞之低插，如渔网之高悬。傲对风狂雨暴，何惧苦涩卤咸。见卤蕨缠于木榄，情深义重；桐花间以秋茄，花香果甜。铁干虬枝白骨壤，敦厚沉着；根长叶茂红海榄，挺拔昂轩。如翡块之结集，似玉带之串连。静观蜂争新蕊，细察蝶分粉鲜。风帆遥遥而环转，兰舟轻轻而回旋。乍看千岛而无土，细思万物皆有源。萧条淡泊兮，空灵飘逸；枝叶婆娑兮，严静和闲。客曰：欲把西湖比西子，浓妆淡抹总相宜。对曰：此非苏子之佳句诗言乎！

噫嘻！十顷绿叶，潜藏千态之丽；一湖红树，流出万象之嫣。骨坚筋挺，神态毕肖，循翰墨之章法；布白留空，血润肉莹，得丹青之真传。乃王右军之布局，抑或吴道子之谋篇耶？呜呼，大美至简，出乎自然也！

周明理先生赏析：

前有桂棹兰桨，大江赏月；东山月出，酾酒临霜。后有十顷绿叶，潜藏千态之丽；一湾红树，流出万态之嫣。

岂得苏子之传乎？

粗识莲藕

少居地僻,未闻莲藕之名,不识荷花之貌。及长入伍当兵,戍边之淇澳岛。一切有趣于不识无知,万物新鲜于初来乍到。新兵者,心似初生牛犊,蹦蹦跳跳也!

时逢大年初三,正是春寒料峭。改善伙食,炊事员做出安排;下塘拔藕,老班长点员向导。步出营盘,改抄近道。雾淡烟轻,借斜阳之余晖;风寒水冷,浸藕枝之枯槁。于是,下穿全新之裤衩,上着卷袖之棉袄。烂泥过膝,而嘻嘻哈哈;塘水上脐,而说说笑笑。脚钩手拔,老兵示范有方;腿直腰弯,新兵模仿奏效。噫嘘!地下根茎脚知,水面清表手巧。其藕也!形似番薯,却连环而瘦长;态若金竹,既有节且具窍。篮溢袋满兮,横插直装;兴高采烈兮，背扛肩挑！

寒云漠漠，笼罩路灯之蒙蒙；晚风凄凄，交融炊烟之袅袅。热气奔腾，煤焰柴火分灶而燃；香味四溢，藕片猪肉同锅而炒。噫！农村度日鱼米稀，兵营生活饭菜好。是故，白饭肉藕，筷停而嘴不停；美餐佳肴，肚饱而眼不饱也！

光阴荏苒兮，世事沧桑；漫漫人生兮，吃藕不少。然而，寒天采藕，余情未了。清理池塘于郊外村前，广种莲藕于还乡告老。挖莲藕于冬日余晖，观荷花于朝阳斜照。知莲柄荷梗之称，明荷蕊莲须之叫。去荷莲混淆之撄心，消菡萏芙蕖之烦恼也！

嗟乎！莲藕生于污泥，而开带露荷花之鲜，立出水芙蓉之俏。呜呼！位卑而不自卑，虚心而不骄傲也！

吴茂信先生赏析：

紧扣题目，重在认识。何以因识而喜？缘于作者家乡，莲藕乃稀有之物，故而未识也。参军到淇澳岛之前，既未闻其名，更不知其貌。故老班长一声拔藕令下,便兴致勃勃跃跃欲试。虽风寒水冷,犹嘻嘻哈哈;烂泥过膝,仍说说笑笑。为识莲藕,脚钩手拔,观其形,察其态,品其味,赏其香,初识虽粗,却难以忘怀。故而"漫漫人生兮,吃藕不少。然而,寒天采藕,余情未了",瓜熟蒂落,水到渠成矣!

草扇赋

夫女娲结草于远古①,虞舜造扇于鸿蒙。尔后,彰显身份,而博得贵族青睐;扇风消暑,而获取平民情钟。功用于东西南北,平衡于春夏秋冬。于是,扇行天下,华夏雄风也!

盖其折合自如,羽、竹、檀、牙精致;方圆随意,蒲、葵、草、纸疏慵。千姿百态,色与七彩接洽;五花八门,神共三教融通。巴蜀竹丝,灿若云锦;粤穗火画②,丽如丹红。齐纨楚竹,负天下之盛誉;浙绢苏檀,扬世间之声隆。

---

① 女娲结草:相传伏羲和女娲兄妹结为夫妻时,女娲为了遮羞,便用蒲草织成扇子遮住自己的脸。这就是"结草为扇,以障其面"。
② 粤穗火画:广东火画扇,始创于清代同治年间。用一种特制的火笔作画而成,永不褪色。

题诗绘画于面，色彩斑斓；雕山刻水于骨，小巧玲珑。虚构实用，笔尖之梅兰菊竹；含蓄寓意，刀下之花鸟鱼虫。是以，滋生名都古铺，辈出巧匠能工。收收合合兮，上舞台歌榭之明亮；遮遮掩掩兮，隐花前月下之朦胧。轻轻柔柔兮，荣登枫宸椒房之典雅；摇摇晃晃兮，不弃空阶破屋之平庸矣！

噫！启秀塔伟，擎雷山雄。水蒲丰茂于沼泽，草扇媲美于庭中。其竹柄草面，平放宛如蕉叶；尖头阔身，立插酷似船篷。或粗编粗糙，颜筲色草；或精织精华，丹凤青龙。风行家家户户，扇动南北西东。噫嘘！回思穷困少年，长忆无知玩童。夏夜炎炎，熠耀灿于阶除[1]；热气腾腾，蟋蟀呻于墙缝。润溽蒸郁，酷暑纵逢。是以，卧于露天，逃房间之焚灼；眠以席地，避床板之燎烘。于是，兄姐身边，争席位之阔阔；母亲怀里，享扇风之溶溶。七欹八斜，令堂教子数河汉；九横十下[2]，慈母牵手点星空。小扇且将夜

---

[1] 熠耀：萤火虫。
[2] 七欹八斜、九横十下：农村人以启明星所处的位置来判断时间。

扇短，母爱已把溽暑融。儿子欲睡兮，扇扑飞蚤；童谣入梦兮，母语还重。草扇摇摇兮，今宵醒觉三曜合；清风徐徐兮，昨夜梦闻五洲同。天圆地方，母仪雍容也！

嗟乎！长大尚记，掌故之道理；至老不忘，儿歌之神功。扇之者，与善谐音，共仁同宗。草扇虽陋，然其拂拭瞳矇也！

贺义梅女士赏析：

文章赋予了草扇上至贵族下至平民的通达品质。作者对草扇的形态及所用之人进行了细腻形象的刻画，仿佛是草扇的知音，让人产生浓厚的兴趣并向往。表面上是在写草扇，实际上引申中了作者闲适自得、仁慈达观的人生态度，得出"扇之者，与善谐音"的感想。

文章着眼点在草扇，但同时也衬出了情，夏日里，月光下，微风扇里暑意消。在母亲的怀里，草扇堪比空调更凉爽舒适，这温馨的一幕，至今难忘。全文意蕴丰美，耐人寻味，虽用典而使人不觉其用典，正是一种入化的境界。

云雾赋

云雾者，地之气，雨之征也！温则雨落，寒则雪飘；冬即霜洁，夏即露滢。皆出于江海丘壑，环绕于月辰日星。于九九回归之所至，二气周流之玉成。则阴强而霜雪飞舞，阳胜而雨露滋生。是以，春也吐华，冬也成实；夏也布叶，秋也凋零。贯于四序之循环，伴于万物之全程也！

若夫斗柄东指，大地苏醒；红梅绽放，垂柳芽萌。继而，子规啼夜，黄鹂句句鸣翠；燕子归来，布谷声声催耕。池塘隐隐，游鱼戏浪而翻藻；溪流浅浅，金沙逐波而吐瑛。红杏枝头，蜜蜂蝴蝶争粉；绿榕烟外，鹊鸲伯劳笑英。斯时，云收雾敛，春和景明也！至若骄阳驱热而驰骋，熏风带暑而纵横。林鸠呼群，田间蝼蝈聒噪；山鸡啸侣，水次蛙鼓争鸣。草丛深而叫蟋蟀，荷尖露而栖蜻蜓。是处落花飞絮，逢山披绿簪青。于是，行云带雨，冽日滂沱千河满；过雾挟雷，晴天霹雳万里霆。如其台风即至，抑或暴雨将倾。即云收笑容之态，雾现凶恶之形。若抢若掠，施手段之残忍；似仇似恨，露脸目之狰狞。噫！其扪心自问，不知得失；反躬自省，难分输赢。秉持上帝指令，因而不见泰山；固然天意难违，缘何无识蓬瀛耶！于是，深居简出，坐观三秋之明月；气定神闲，静听九月之雁声矣！

噫吁嘻！终生效力，一世奔腾，随风力而飞动，依气流而降升。奉天地之神秘，顺阴阳之杳冥。盈六合之寒暑，贯四时之晦明。

嗟乎！施润泽而有意，行肃杀而无情。须臾万变而窈窕，瞬息百化而峥嵘。千姿百态，重现人间奇迹；五颜六色，不藉翰墨丹青。喜怒无常，而分冬春之差异；哀乐不定，而秉秋夏之公平。不偏不倚，嘉定力之稳固；无私无畏，佩操守之坚贞。二十四节兮，囊万物之冷暖；七十二候兮，记百态之醉醒。呜呼！天地寒暑，草木枯荣。农桑稼穑，物随云雾而走；起居作息，人跟岁月而行矣。

周明理先生赏析：

云从山头起，雾自水面来。流水下滩非有意，白云出岫本无心。

以云雾为题，写四季云雨雾霜的多端变化及农桑应对之策，生动精细。难得难得！

评论

汇集楚汉　融注唐宋

——评邓碧泉《田园百赋》

张学松

《田园百赋》给我的印象总的来说，就是汇楚辞汉斌于其中，融唐诗宋词于其里。从文体上看，楚辞是诗，以抒情为主；汉赋总体来说是散文，以状物叙事为主。碧泉先生的赋，可以说是"诗赋"。其以形象思维、形象化语言，即诗的语言来状物抒情，使赋文字字珠玑，句句琼瑶。碧泉先生在诗文结合上做了大胆的尝试，这也许是赋赓续的方向。《田园百赋》取材田园，追溯农耕文明，再现雷州半岛农村农民农耕生活。基本篇篇都是非物质文化遗产。在形式上，《百赋》去掉传统赋文那种冗长拖沓、唯上唯美、难知所云的弊端，不但对仗整齐，排比严格，格律和谐，而且全篇押韵，一韵到底。这在赋坛是空前的，必须具备充分的词汇量才能做得到。有人评论邓先生是"胸有丘壑，腹包《辞海》",从其几百篇赋文看,我完全赞同这种说法。在遣词造句用字方面,碧泉先生致力于缩小赋文与现代汉语文字的距离,既古朴典雅又不古奥艰深,既有排偶对仗,韵律铿锵之美,又无机械板滞晦涩之虞。这就是对传统赋的突破。他的赋的词汇语言比散文凝练精粹且律动韵谐,比诗词洒脱活泼且浅显易懂,而且不重复古人,更不重复自己,百篇百面。这种语言词汇,吟诵起来铿铿顺达,朗朗上口,是一种美的享受。其中一些篇章如《酒赋》《茶赋》《秋收赋》《沙溪赋》《柳赋》《鸥赋》以及二十四个节气赋,有关擎雷山水、擎雷书院诸作,必将驰誉辞坛文林,载入中国辞赋史册。

具体来说是以下四点:

(一)"体物"毕肖,形神兼备

《田园百赋》非"体国经野""润色鸿业"的骋辞大赋,也非作者自创表现重大历史题材的《长征百赋》。当然,有些篇什亦复如是。如《擎雷山赋》写擎雷山:"揽万顷连云之壮阔,抱一龙烟绕之瑰奇。望三元而同启秀,襟一水而共擎雷。"《擎雷水赋》:"据粤西而吐南海,汇桂东而贯雷州。龙延蛇曲,形似鲲鹏变化;波汹浪涌,势如沧海横流。挟并吞八荒之气概,怀映照九野之嘉猷。"《东西洋赋》:"依江河而伸展,绕山海而回萦。揽星汉于怀抱,抚牛女于心膺。"《明伦堂赋》写道:"抟收天地,挹高山氤氲而奇崛;擅纳菁华,收平湖水气而峥嵘。拔地而起,形如展翅之鲲鹏;横空出世,势似扑食之苍鹰。"这些赋作写山川风景人文建筑,控引天地,包举宇宙,总令人想起《滕王阁序》与《岳阳楼记》。

《田园百赋》大多是"草区禽族,庶品杂类"的咏物抒情小赋。它们"体物"精细,刻写逼真,描绘如画,往往用比拟手法使"物"人格化,形神毕肖,栩栩如生。如《青蛙赋》:"闭目养神于白日,餐虫享福于夜空。""自由自在兮,只顾观山玩水;快乐逍遥兮,不问去燕来鸿。"写青蛙的生活习性、颜色、姿态、捕食、求偶,活灵活现,特别是"坐似盘踞之猛虎,动若出泽之潜龙"两句,出神入化,意趣横生。《燕赋》写燕:"细足短喙而清秀,剪尾尖翼而飘逸","晴空翱翔,显乌黑发亮之羽;疏雨颉颃,展俊劲轻快之翅",一静一动动静结合,既形象描绘了燕之形,又展现了其"俊劲""飘逸"之神,而"栖身朱门,虽富贵而不淫;置窝陋屋,知贫贱而不弃",以人写燕,赋予燕子"羽族君子"之高尚品行。"日光轻暖,雄蕊花药破裂;天风清和,雌粉子房渐宽。……惹得芳羞香妒,蝶乱蜂喧矣!"《稻花赋》这段充满诗意又不乏想象地写稻花阴阳交合雌雄受(授)粉,惟妙惟肖,令人击节叹赏。甘蔗乃普通农作物,古人有不少咏甘蔗的诗句,如李颀、元稹、薛能、晁补之、苏轼等,这些诗作均未对甘蔗作精细描写,而邓先生《甘蔗赋》曰:"秆像青竹,节节长有胚芽;叶形似剑,两边分布毛齿。破土拱芽,状若雨后春笋;抽枝长叶,态如青春玉米。头尾平衡,色分青紫而和颜;上下均匀,皮滑肉白而多汁。"不仅精细描绘了其秆、节、叶、色、皮、汁等形貌质地,而且以"雨后春笋""青春玉米"比喻其破土拱芽抽枝长叶的情状。更为精妙的是,作者以拟人化手法写其连体同根:"顾其伯仲同根,而共享肥水纵横;兄弟丛生，而各自腰杆挺直。故吸露争阳，而顺其自然；遮风挡雨，而不分彼此。无兄弟阋墙之虞，有亲如手足之贵也！"以甘蔗写人生，表现人伦至理。《田园百赋》有二十四篇近四分之一的篇幅写一年二十四节气，真是前无古人的壮举。但如何把这二十四节气写得时令特征鲜明，殊为不易。《立春赋》："北斗七星，指寅东以闪烁；参宿三曜，列午南而光辉。东风送暖，情真挚而开气象；春回大地，意盎然而启生机。"《立夏赋》："飘去余香，霎时天气驱寒；覆来绿荫，一夜熏风带暑。"《立秋赋》："雨横伏酷，六月炎蒸未歇；绿水朱华，七夕立秋继暑。……夫阳升阴伏，乃夏热之所至；日短夜长，即秋凉之开局。"《立冬赋》："万物休养，生气闭蓄之始；千里收藏，一年四季之终。"中国幅员辽阔，时令虽一，气候风物天南漠北大为迥异。作者身处岭南雷州半岛，其笔下的气候风物往往带有岭南特色，不具有普适性，但每个节令特征的总体描写，则是准确而鲜明的。

（二）"写志"宏雅，意境深邃

中国最早的田园赋是张衡的《归田赋》。此赋写张衡厌恶官场，向往归隐田园的志趣。晋宋之际的陶渊明《归去来兮辞》与此一脉相承。碧泉先生的《长征百赋》《天南百赋》创作于主政湛江市委宣传部和政协的时候，是作者"身居庙堂"的业余创作，而《田园百赋》则是退居"江湖"之所作。虽然邓先生与张衡、陶渊明的"归隐"在本质上不同，但就由官场而回归田园则是相同的。由"居庙堂之高"而"处江湖之远"，虽为"荣休"，毕竟是人生的重大转折，其心态与思想的变化还是明显的。他的《书院感怀》诗云："频添白发岁华催，汤冷茶凉酒一杯。纵是风云多变幻，晚年心志寄擎雷。"这种"汤冷茶凉"的人生遭际，在《田园百赋》中多多少少有所体现。这种体现即那种世事"云淡风轻"的淡泊情怀。如《丹顶鹤赋》："双羽内敛，扭颈回首而眠；单脚独立，隐嘴枕背而睡。远离烟尘，似高僧之襟怀淡泊；泰然自若，如羽士之心态闲适。"这是写丹顶鹤也是夫子自道。《榕树赋》："中庸处世而潇洒酣畅，操守秉持而从容大方。"《沙溪赋》写沙溪"与世无争兮，循规矩而画方圆；顺其自然兮，守约束而竞自由。呜呼！心宽而无忧也！"亦然。但邓碧泉毕竟不是张衡，也不是陶渊明。张衡乃一封建士大夫，陶渊明则是所谓"古今隐逸之宗"，《归田赋》《归去来兮辞》所表现的无非是作者不满现实而回归田园的自乐自适。邓碧泉先生是一位有大关爱大情怀的人，其处江湖之远依然胸怀百姓心系苍生。《东西洋赋》在对东西洋的形貌简单描状后，重点写百姓"披星戴月""宵衣旰食"之作物耕种。《游神赋》："风调雨顺兮，百姓之祈祷；国泰民安兮，苍生之愿景！"《蒲草赋》："济苍生之困，遂百姓之愿"。《蜻蜓赋》："愿借蜻君之翅，上叩天关之幽。济天下苍生之所困，解神州百姓之所忧也！"这些皆为作者情怀之自然流露。

若问《田园百赋》所表现的作者最主要的心志是什么，一言以蔽之："晚年心志寄擎雷"也！作者退而不休，极力倡导，精心谋划，倾力推动创建擎雷书院。《擎雷书院感怀》诗序曰：

余首倡建立擎雷书院，绍续雷州书院之风气，旨为"剖儒家之元，析道家之奥，探释家之玄，兴微继绝；循历史之序，究文化之根，品民俗之果，守正创新"。

此序将创建擎雷书院的目的作了言简意赅的说明。作者主政湛江市委宣传部和政协时，在文化建设上做出了突出贡献，功绩卓著。退休后非优游山水含饴弄孙颐养天年，而是老骥伏枥创建书院，这既是一种桑梓情怀更是一种文化情怀。《擎雷书院赋》曰："嗟乎！生于雷，长于雷，桑梓难忘；仕于斯，老于斯，乡愁永纪。重振杏坛，乡贤百应于一呼；再摇木铎，仕宦千谋以万计。是故宵衣旰食，不图鹪鹩之枝；殚精竭虑，以尽精卫之力。"作者宵衣旰食殚精竭虑创建擎雷书院，一则"桑梓难忘"，一则"重振杏坛"。桑梓之情，古今士人无不有之，而"重振杏坛"，传承和发扬中华优秀传统文化则彰显了作者的宏图雅志与责任担当。《林间讲坛赋》"学问在平常,浩浩乎诗书万卷;仁心垂宇宙,悠悠乎教化千般"也是如此。

"赋者,古诗之流也。"(左思《三都赋·序》)诗是赋之宗,赋是诗之变体。赋介于诗与散文之间,无论是诗还是散文都要有意境,"有境界则自成高格"(王国维《人间词话》)。邓碧泉先生的《田园百赋》往往在咏物写景中寄寓深刻的思想内涵与浓郁的感情,创造出一种情景交融的深邃意境。缉熙台是擎雷书院一人工建筑,位于书院高地,"抱湖揽湾,视野开阔"。《缉熙台赋》从其"或坐石而思,或凭栏而望;或抚膺而虑,或绕阶而行"的行为来看,其内心颇不宁静。试问作者"所思""所虑"者何?"感悟宇宙之奥妙""梳理人生之历程"。"人生"与"宇宙"是作者思考的两大主题,这也是古今哲人与作家思考的两大主题。

广袤天宇之下,一轮皓月朗照,缉熙台上,一位文化学者,时而沉思,思接千载心纳万象,时而远眺,视通万里"玄会天地",人生与宇宙,自然与人,交相涵容天人合一，这岂不是一幅画、一首诗？实乃一首蕴含深邃画意充盈的抒情佳诗！

（三）生活气息浓郁，地域特色鲜明

读《田园百赋》，一股浓郁的农村生活气息扑面而来。

《立春赋》"修理耙犁""披酥雨而耕地""浴和风而耕种"，《春种赋》"晨霜耿耿，鞭牛耙平经纬；朝露溥溥，铲秧疏散纵横"，写春耕。《秋收赋》："田头开镰以捣虚，埂尾包抄以批亢。循序渐进，收刈挑稻持穗；有条不紊，筛簸晒干入仓。"《打铁赋》："大榕树下，古祠堂边。炭火通红，大锤砰砰如炮竹；铁花飞溅，小锤叮当似弹弦。……炉熔锤修，耙齿凿嘴锥尾；汗浸水淬，犁头稻叉门环。"此乃农村生产。

《古井深情》："洗薯淘米，而担于黄昏后；煮饭煲粥，而挑于拂晓前。"《草扇赋》"兄姐身边，争席位之阔阔；母亲怀里，享扇风之溶溶。……小扇且将夜扇短，母爱已把溽暑融。儿子欲睡兮，扇扑飞蛩；童谣入梦兮，母语还重"，写夏夜纳凉父母护儿教子。此乃农村日常生活。

《社戏赋》"人声喧嚣于街头巷尾,成群结队于戏场内外。……熙熙攘攘,纷纷济济。……或坐或蹲,或卧或立",写乡民看戏;《游神赋》"神鞭抽响,而鞭炮齐鸣;道士挥剑,而乐声响应",写乡村游神。此乃农村娱乐。

农村生活的方方面面几乎都在《田园百赋》中展现。阅读这些作品,似乎嗅到了一股湿漉漉的泥土味!

(四)多为短篇,"四六"娴熟

"赋也者,受命于诗人,而拓宇于《楚辞》也。"(《文心雕龙·诠赋》)由楚之骚体赋至汉之散体大赋再至魏晋抒情小赋,南北朝由于四声平仄的发现而出现骈体赋,至唐而有律赋,古文运动兴起,骈体、律赋又变而为文赋,此赋体发展流变之大概。邓碧泉先生《田园百赋》绝非散体大赋,偶见骚体句,它融合魏晋抒情小赋、南北朝骈体和唐宋文赋的体式而自具特色。

《田园百赋》中最短者《兰赋》166字(含标点),最长者《社戏赋》972字,大多为500字左右。陶渊明《归去来兮辞》(含序)654字,张衡《归田赋》211字。这是否有某种契合？500字左右的篇幅更宜于书写山水田园？邓先生的《田园百赋》在篇幅字数上应是有所借鉴并用心作了斟酌。

所谓"四六"即四字六字与四字六字相对为基本句法，讲究对仗、用典和声律，工整严谨，辞藻华美。这是骈体文的基本句法，故"四六"又为骈体文的别称。

《田园百赋》几乎篇篇有"四六"对偶句式，可见作者骈赋技法的娴熟。

"四六"写景："斜风细雨，吹拂柔柳新蒲；桃花流水，映照芳草青萍。"（《惊蛰赋》）

"四六"状物："槎牙之形，现于东西南北；鳞皴之状，绿于春夏秋冬。"（《松赋》）

"四六"叙事："掀铲挥锄，涌热情之千般；提桶推车，植木棉之一树。"（《种木棉记》）

"四六"用典："鸿雁于飞，语载《诗经》之典；衡阳归雁，诗出高适之篇。"（《雁赋》）

"四六"议论："出污不染，崇尚洁身自好；起死回生，

远离世俗凡尘。"(《蝉赋》)

"四六"抒怀:"寄意河山,不受得失之困;忘情物我,远离名利之嚣。"(《茶花赋》)

写景、状物、叙事、用典、议论、抒怀,各种方式均见"四六"句法。所谓"四六"句法固然主要"四六"相对,但并非仅限于"四六",其实质在于偶对,"四五""四七"等,无不可。如《哀江南赋》等六朝骈赋即然。《田园百赋》也是这样。有"五四"相对,《荔枝赋》"四七"相对,《粗识莲藕》则出现"九九"相对。

骈体赋固然有其特长,但如果一篇赋中全用对仗,就显得呆板。骈赋到唐宋式微,文赋的出现就在于矫正了这种弊端。邓先生之《田园百赋》骈散结合,且偶用骚句。如《蝴蝶赋》:"颉颃徘徊兮,粉粉身躯;纵横扶疏兮,轻轻双翅。心慕手追兮,美妙异奇;目眩神迷兮,缤纷络绎。"《春分赋》:"吁嘘!雨来看电,云过听雷。度竹穿林,远听野兽之交颈;挥棹泛舟,近看沙禽之双栖。水缓山舒逢日暖,花明柳暗正春期。生重回太古之仿佛,萌已入天堂之依稀矣！芜岸延绵兮，嘉清风之破壁；沙溪宛转兮，喜春水之拍堤。"这种融汇"骚""骈""文"的赋作，既整齐有序又错落有致，其体式笔法不拘一格，完全随作品内容与作者思想感情的变化而变化，让人耳目一新。

邓碧泉先生从事文学创作时间不久。其先，他在行政工作之余从事学术研究，出版有《领导干部学思行》《内生文化论》《人本文化》《陈瑸诗文集》。"内生文化"是邓先生的创论，颇有学术价值。他创作古诗词始于2005年前后，写赋则是2010年之后。从2005年至今不到二十年，出版了《若水斋诗抄》、《若水斋诗词系列》（五册）、《七绝四百首》、《若水斋诗书赋》、《长征百赋》、《天南百赋》、《田园百赋》，成果丰硕，成就斐然。不到二十年何以取得如此成果？就作者个人因素而言，除了其卓越的才华外，以下三点非常重要：

（一）远大胸怀，高尚境界

邓碧泉先生是有大胸怀大境界的人。《秋枫赋》本是赋写秋枫却写饮酒，本是借酒抒"古今忧愁"却来了句"心回苍生饭碗",似乎都不搭界。其实这"苍生饭碗"正是作者忧愁的起点与归宿。再看《擎雷书院感怀》之《寇公门》诗:"去年今日立斯门,草木荣枯又一轮。雨水回寒惊蛰冷,一声长叹已春分。"(《七绝四百首》)这哪是在咏寇公门,分明是借题发挥。这"今忧古愁"最终落脚到"苍生饭碗"——"心回"者,心归也!"世态炎凉"也好,"流年暗换"也罢,比起"苍生饭碗"都不足挂齿。

"身居一隅,情系万方"正是作者的大胸怀大境界。蝉是古今文人赋咏之对象,唐代虞世南、骆宾王、李商隐的咏蝉诗,无论"清华人语"还是"患难人语"抑或"牢骚人语",都是抒写一己之遭际。曹植《蝉赋》是一篇著名的咏物抒情小赋。但就其思想境界而言,与三首唐诗一样,终跳不出一己之遭际。而邓先生笔下的蝉,则"以苦为乐,脱壳于夕阳后;化险为夷,重生于月黄昏。唱歌鸣曲暖世界,吸液饮露养精神","去微至贵兮,心无杂念;高风亮节兮,胸有昆仑"(《蝉赋》)。"唱歌鸣曲暖世界""胸有昆仑",一扫古代咏蝉诗赋抒写一己遭际的凄苦,展现出胸怀天下的远大胸襟和气度。它既是蝉之心胸境界，不也是作者之心胸境界吗？

（二）博学多识，学养深厚

《若水先生赋》曰：先生"仰先贤之懿范，羡前哲之嘉语。有心涉猎《诗经》，无聊翻阅汉赋。闲寻宋词，闷吟唐句。看《春秋》，诚记诸子百家；读《三国》，喜得浊酒一壶。访多情男女而上《红楼》，会英雄丈夫而入《水浒》。口白言直，心倾两司马；情真意切，素慕一相如"。《若水先生赋》是作者借鉴陶渊明《五柳先生传》用赋体写的自传，也谓自画像。这段概括了他所涉猎研读的中国传统文化典籍，可见其涉猎之广博。这些传统文化典籍在其赋作中或直引或化用，随处可见。如《鼓赋》："土鼓蒉桴，伊耆氏之乐奏；夔皮雷骨，轩辕帝之用武。"用《礼记》典。《蝴蝶赋》："庄子夜梦，物我同一哉！"用《庄子》典。《蒲草赋》："'君当作磐石，妾当作蒲苇'，品上《乐府》之篇；'下莞上簟，万安斯寝'，名入《诗经》之典。"用《诗经》、乐府典。《荔枝赋》："日啖三百兮，吟东坡之佳句；一骑红尘兮，诵杜牧之名诗。万里桥边张籍曲，荔枝时节曹松词。一株连理，句出神宗枫宸；人间七月，词入郑潜书帷矣！"用唐诗宋词典。

作者不仅熟读中国人文典籍，对天文节令、"草区禽族"等自然知识也多所研习。《田园百赋》对每种动植物形体、意态、生活习性等描写那么精细，没有细心观察、研阅资料、长期积累，很难做到。初读《鸥赋》"骨骼无髓"句，很是惊诧，查阅资料后方知果然。邓先生在书法方面也很有造诣。出版有《邓碧泉书法集》。

博学多识，学养深厚，是邓先生文思泉涌，引经据典，笔走龙蛇，佳作频出的重要因素。

（三）刻苦勤奋，厚积薄发

邓先生每一赋成都微信发我，有时一周连发三篇。《田园百赋》就用四百天完成，平均每四天写一赋。先生说他写赋构思好后，动笔就是两三个小时的事，每写完一篇，头脑立刻清零构思下一篇。动笔时，他忘记周遭，心静如水，一气呵成。作者为写《长征百赋》，"集卡片之盈尺，读书籍之百卷"。我不知道邓先生写作《天南百赋》和《田园百赋》时具体搜集了多少资料,阅读了多少书籍,可以肯定地说绝不少于写《长征百赋》时的数量。邓先生虽然退休了没有当年的政务缠身,但他还要筹建擎雷书院,这也会占用时间,劳心劳力,更何况作者已是年近七十岁的老人呢?古人云"人过五十不学艺",《若水先生赋》曰:"过天命抚琴弦,……近花甲吹葫芦,……须眉染霜,却不知已是老夫矣!""天行健,君子以自强不息!"正是这种刻苦勤奋、老而弥坚、自强不息的精神,使邓先生不仅在文学创作上厚积薄发,且在音乐、书法等各个方面长足进步,硕果累累,"晚霞满天"!

二〇二三年五月三十日 于南湖居

画幅长留天地间

——《东西洋赋》赏析

吴茂信

像邓碧泉这样执着的作家实在不可多得。什么是执着？是对认定目标孜孜不倦、锲而不舍的追求。我们不说他作为领导干部在事业上的成就，不说他作为书法家丹青翰墨的魅力，也不说他作为诗人在古典诗词的研究和创作上的造诣，单就"赋"这种文体的写作，便可洞见其顽强毅力。说起顽强，首先佩服他的攻坚精神。赋在我国有着悠久的历史和传承。作为中华民族优秀传统文化和文学遗产的重要组成部分，它在表现中华民族几千年奔腾不息的民族精神、弘扬民族传统文化中发挥了无可替代的重要作用。正因为这样，邓君才选定这种文体作为他的攻坚阵地，坚持十二年，成赋三百篇，说喜人，更是惊人。

毋庸讳言，赋的写作难度比一般文体大，它有三个主要特点：语句上以四、六字句为主，并追求骈偶；语音上要求声律谐协，文辞上讲究藻饰和用典。要保持这些特点，写赋就比写作其他诗文要更艰辛。明知山有虎，偏向虎山行，这是邓君的性格。说他是赋文大家是没有悬念的。或许孤陋寡闻，从接触到的文化遗存来看，我未曾见到有哪一位作家写过这么多数量的赋文。从质量上看，他的诗文无论思想性还是艺术性，都登上了时代的高峰。尤其令人震撼的是《长征百赋》。百赋以长征出发地、途经地、目的地作为关键节点，从写景入手，由景及事，由景及人，努力把红军征程描绘得真实生动，形象感人，使长征这一重大历史题材的文学书写别开生面。《长征百赋》遵循赋的文体规范，不逾规，不守成，求新求变。在文法上不拘泥于前人，也不重复自己。在语言表达上追求声律谐协，展示骈比对仗的古典之美，同时注意行文活泼，韵散相间，体现口语化和现代化的审美趋向，发挥题材对体裁的推动作用。诸多方面的努力使他在赋的文体创新上有诸多突破。一是源于生活，运用雅俗共赏的文学语言书写生活，让赋体文章从艰辛晦涩中解放出来；二是注重节奏和音乐性，使赋体文章更富有音韵之美；三是不畏艰难，敢于创新，一赋一韵，使赋体文章更加协和统一。作者对赋体的贡献、对中国文学的贡献是不言而喻的。

取得如此成就，作者并不以"高大上"自居，不会居高临下，"大鸡不食小米"，而是更加接地气，与平民百姓同甘苦共呼吸，将笔触落到普通人的生活之中。近来，作者以身边的风土人情、生活习俗、生态环境、自然物种等为题材写出一批赋文，给读者带来清新的艺术享受，不妨简称其为"风物赋"。这批赋文，又让邓碧泉在实践中取得了新的收获。思想感情更加贴近人民群众，描写内容更加贴近日常生活，观察生活更加细致深入，艺术上更加娴熟自如。他将襟怀、才情、经历、感悟、智慧、禀赋凝于笔端，在赋体写作中开辟出一片新天地。是否言过其实，且让我们先一起欣赏他写的《东西洋赋》。

我喜欢这篇赋，因为我的故乡就在东西洋中，熟悉这里的田园草木和父老乡亲，容易引起共鸣。在作者笔下，东西洋是一卷巨幅田园山水画。人们为什么喜欢田园山水？北宋郭熙在《林泉高致》中提到六大理由："丘园养素，所常处也；泉石啸傲，所常乐也；渔樵隐逸，所常适也；猿鹤飞鸣，所常观也。"由此衍生出田园山水画最高境界的标准：可观、可行、可游、可居。可观就是可以观赏，可行就是可以行走，可游就是可以游历，可居就是可以居住。东西洋是这样跃进作者的视野里的：

悠悠擎雷一水，川流不息；茫茫东西两洋，气贯日星。钟山川之灵秀，得天地之和精。收阴阳之交泰，领鸾凤之和鸣。

在作者笔下，东西洋如伟人横空出世，先声夺人。举目远望：

依江河而伸展，绕山海而回萦。揽星汉于怀抱，抚牛女于前膺。

中国文化历来有观照田园、寄情山水的传统。在田园山水之间,我们的先人体悟出什么是"道法自然""天人合一",这在邓君笔下体现得淋漓尽致。

每当《我的祖国》的旋律在耳边响起,我的眼前就展开东西样的图景,"一条大河波浪宽,风吹稻花香两岸。我家就在岸上住,听惯了艄公的号子,看惯了船上的白帆"。这不分明是东西洋,这不分明是我的故乡吗?"洋田熟、雷州足",东西洋是雷州的粮仓,是雷州的命脉所在。

> 冉冉云团,晨熙半遮千里白;澄澄碧水,晴光全映一洋青。

蓝天碧水,令人神往。境由心造,对这片土地怀有多少爱,在作者的眼里就有多少美。

> 仰望澄清之玉宇,俯看雨洗之金茎。远眺彩

虹之珑曲，骋目灰土之簋平。芳草萋萋而含碧，野花灼灼而吐英。田坪风飕芭蕉叶，沟渠水漾碎浮萍。沙鸥水浒，丹鹤沙汀。贴水飞翔河间鹭，引颈长歌叶里莺。

洋田景色，美胜仙乡。既写到现实，也寄托着理想。马克思认为，"人靠自然界生活"。大自然孕育抚养了人类，如果自然遭到系统性破坏，人类生存发展就成了无源之水、无本之木。看山、看水，着眼的不仅是山水，更是整个生态系统。自然生态与人类的关系就是生命共同体的关系，一方面，"山水林田湖草是生命共同体"，另一方面，"人与自然是生命共同体"。

可望可观可游，望是从大处着眼，观是细致入微。

有光有影，有声有色，见之游目骋怀，闻之心旷神怡。作者将自己游历的感受融入精心的描述，为读者作畅游的指引。游山玩水、观山察水，最终的落脚点是人。在作者笔下，东西洋是最适宜居住的地方，生长在这里的人民是最勤劳善良的人们。

> 做畦开沟,棍鞭挥舞牛前进;播种插秧,手脚配合人后行。……百种归田,披星戴月抄近道;节气逼人,宵衣旰食点斜灯。全力以赴,调兵遣将残阳里;分秒必争,男耕女插夜三更。

是他们的辛勤劳动,装扮出东西洋的无边美景。文学是人学,碧泉君紧紧把握着这个中心,以最激越的情怀、最美好的语言讴歌人民创造世界、创造一切的不朽功勋:

> 寒来暑往,见证岁月之流逝;春风秋月,孕育丁口之繁生。青秧黄稻,百姓热汗之果;长畦短丘,苍生泪水之凝。载历史沧桑于畎亩,记人间甘苦于冥灵。与日月而同在,共天地而永恒也!

一锤重音,收束了一卷宏图。一篇《东西洋赋》,留给读者深邃的思索。"望得见山、看得见水、记得住乡愁",人心是最大的政治;好山好水、良好的生态环境,是最普惠的民生福祉。我们为东西洋祝愿,我们为东西洋憧憬,明天的东西洋会更加美丽,更加富饶。

后 记

拙作《田园百赋》已杀青,即将付梓成书,此时不由内心感慨良多。

赋这种文体,《诗经》"六义"开其滥觞,流行于两汉四百年间,"登高作赋,乃大夫也"。所谓楚之骚、汉之赋、六朝之骈语、唐之诗、宋之词、元之曲,都是一个时代达到高峰的文体。赋是中华民族崛起朝代的产物,是国粹瑰宝。然而,诗词可以说是现代波汹浪涌的巨流,但把赋说成是涓涓细流都很勉强,说是流塞派断也不为过。现在,中华民族已走进伟大复兴的新时代。我躬逢盛世,所以举拙笔、书世宝,做继微兴绝、守正创新之尝试。十二年间,我写了三个"百赋":《天南百赋》,断断续续用了八年的时间;《长征百赋》,写了两年多;《田园百赋》仅用四百天,平均四天写一赋。

《田园百赋》取材于雷州半岛的农耕文明。我出生于农村，小时候连饭都吃不饱，感同身受于农民的辛勤和疾苦。但几千年的农耕文明是中华民族生生不息，走向兴旺发达、国家统一、民族团结的纽带。虽然农耕文明渐去渐远，但她的精神文化与山河同在、与日月同辉。我们这代人有责任把这些非物质文化遗产整理出来传诸后人。

在韵律方面，三个"百赋"都押韵，《天南百赋》《长征百赋》不少篇章是平仄混押，《田园百赋》分开平仄押韵，而且是一韵到底不重复。在诗文结合上，"百赋"适当向诗词方面移位靠近。遣词造句用字，尽量缩小与现代语言文字的距离，力避传统赋语言的生涩古奥，以适应现代人的思维方式、审美情趣、欣赏特点和生活节奏。

《田园百赋》就要出版了。首先要感谢的是北京大学中文系原主任、研究汉赋几十年的大学者费振刚教授。他2011年来湛江，在特呈岛上看到我写的《特呈岛赋》，很感兴趣，我有幸得到老人家的耳提面命。而且这位大学者专为拙作《若水斋赋》写了《初读〈若水斋赋〉》的评论和《赋描写角度的演变和长度的调控》一文，教益颇大，给我写赋以信心和勇气。更令我铭感于心的是，2015年，儒商陈宇先生在樟树湾酒店举办"邓碧泉文学艺术欣赏暨研讨会"，费老遭遇风疾，在右手无法正常书写的情况下，仍坚持用左手写来贺词。费教授2021年已驾鹤西去，但他永远活在人们的心中，活在赋的赓续发展中。

周明理先生是北京大学中文系的高足，是我的领导和恩师。百赋的创作得到他的理论指引、热情支持和诸多点评，特别是他以赋的文体为《田园百赋》作序，别开生面，增添光彩。王登平中将为本书题写书名，蓬荜生辉。张学松教授是我的文友，文学研究专家，为百赋作了长篇的赋评，劳心劳力。在赋文写作过程中，对家乡的一些物候，我经常向知名作家、我的同乡吴茂信先生请益，他为百赋写了《画幅长留天地间——〈东西洋赋〉赏析》一文和多篇点评，画龙点睛。曾同为军人又是老乡的老主编陈立人先生，为百赋的题材选择、版式规划设计献计献策。我的老同学符培鑫先生、冯应清先生，老朋友陈启明先生，新认识的华师大贺玉梅女士、南方杂志社蒋玉女士、霞山区作家协会高琳女士、广东海洋大学刘刚先生，积极为百赋写赏析。同事张鼎智、莫忠杰先生不辞辛劳，为赋作搜寻参考资料和打印成文。擎雷书院院长，我现在的搭档黄世锐先生，不厌其烦地做定稿后、成书前的繁冗琐碎工作。作家出版社袁艺方女士，为本书的排版、出版费心把关。在此一并致以谢忱！

作者

二〇二三年六月二十八日